U0047707

紙上太極

生活中的書法美學

侯吉諒◎著

書法是紙上的太極，無動不舞，無往不復，一筆一畫都是力量的初生、推衍與回收。書法的天機如太極，只是一陰一陽的起承轉合，卻包涵了四季的輪迴、晨昏雨晴的變化，沒有起始，也沒有終結。

雲深不知處——書法的境界

侯吉諒

現代人雖然已經不寫書法，很多人可能一輩子也沒眞正練過書法，但幾乎每個人對書法都會有一點自己的看法。

這是非常有趣的現象，原因或許是，漢字是華人每天使用的字體，大家對字體的好壞高低都有一點基本的認識，所以都可以提出一點自己的看法。

然而事情的確如此嗎？

我常常說，書法雖然是白紙寫黑字，但其中的技術、境界，卻不見得可以一目瞭然，甚至欣賞書法也要下一點功夫去學習。

不是寫了書法就一定能了解書法，如果沒有開闊的胸襟，一樣會視而不見。很多人學了書法，卻與書法之美愈離愈遠，因爲學了書法之後，反而對書法有了偏見與執著。

古人說「善書者不鑑」，意思是，會寫字的人，不會鑑定書法，起初無法理解，後來才慢慢領悟，原來寫字的人很容易對他熟悉之外的風格存有偏見。

更多人學寫字只是學到了種種偏見與偏執，如同次宗教團體的信仰，總是以誇大的姿態說自己才是活佛轉世、未來的救世主。

學顏眞卿的人會覺得趙孟頫的風格太柔媚，彷彿天地之間只能容納顏眞卿那種雄渾磅礴的書風。而擅長晉人風流筆法的人卻覺得顏眞卿的字太過拙劣，不堪入目。

趙孟頫的書法是元朝至今最好的字，但明末清初的「天下第一寫家」傅山對趙孟頫卻深惡痛絕，北宋的書法家們極度崇拜顏眞卿，而米芾卻痛斥顏眞卿的楷書爲「後世醜怪惡札之祖」，書法之難懂，由此可見一斑。

唐朝大書法家孫過庭在《書譜》中說人們對書法的認識是「聞疑稱疑，得末行末；古今阻絕，無所質問；設有所會，緘秘已深；遂令學者茫然，莫知領要，徒見成功之美，不悟所致之由。或乃就分佈於累年，向規矩而猶遠，圖眞不悟，習草將迷。」可見古人對書法之美的理解，一樣未必能夠掌握。

無論如何，學會欣賞，總是了解書法的第一步。

三十餘年來，我每天臨習書法，無時不刻都在思考書法的諸多精微幽妙的道理，還是常常覺得書法之美有如「雲深不知處」，其深奧幽遠，眞可以說讓人探索不盡，妙趣無窮。

這些年來，我寫的幾本關於書法學習的書，在海峽兩岸三地都獲得很大的迴響，可見書法的學習，並不因爲電腦網路手機的流行而被時代淘汰，反而更因爲寫字機會的減少，大家更嚮往動手書寫的快樂。

因而我也希望能夠傳達這種書法的美感與快樂，一同與讀者們分享，無論有沒有學習書法，都可以感受書法之美。《紙上太極》是我第一本以書法爲主題的散文集，希望以較爲感性的文學性筆法，讓大家更易於理解書法的種種境界，進而提筆寫字，體會流淌在筆墨之中靈動氣韻、奧妙境界。■

輯一 紙上太極

紙上太極

書法如道

墨說從頭

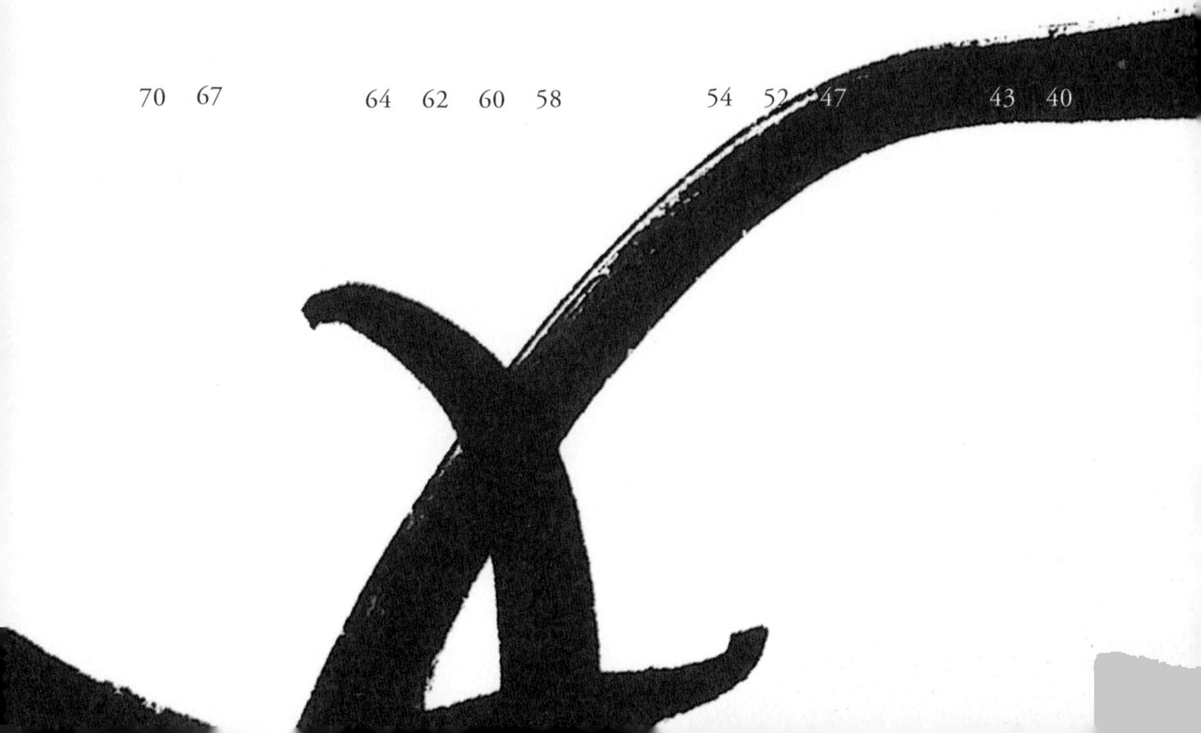

輯㈡ 書法與修行

書法的修行

禪與書法

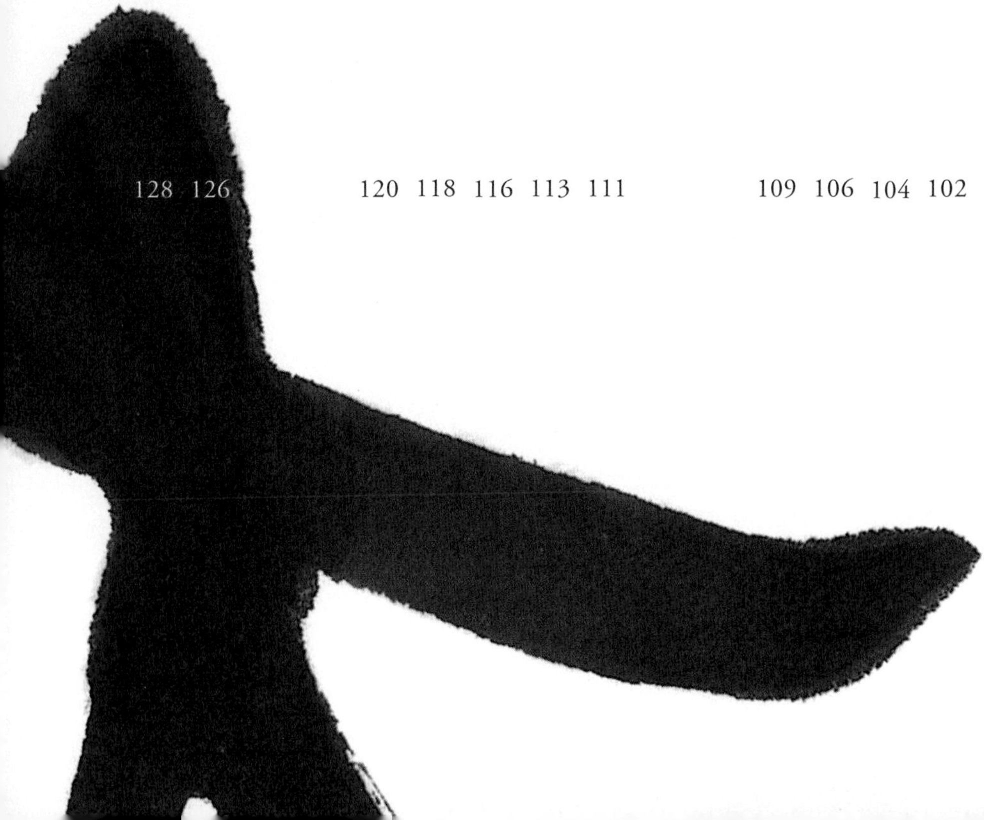

輯三 修書，問道

修書問道

師徒與師生

道家王淮

2. 先文人，後畫家

輯一

紙上太極

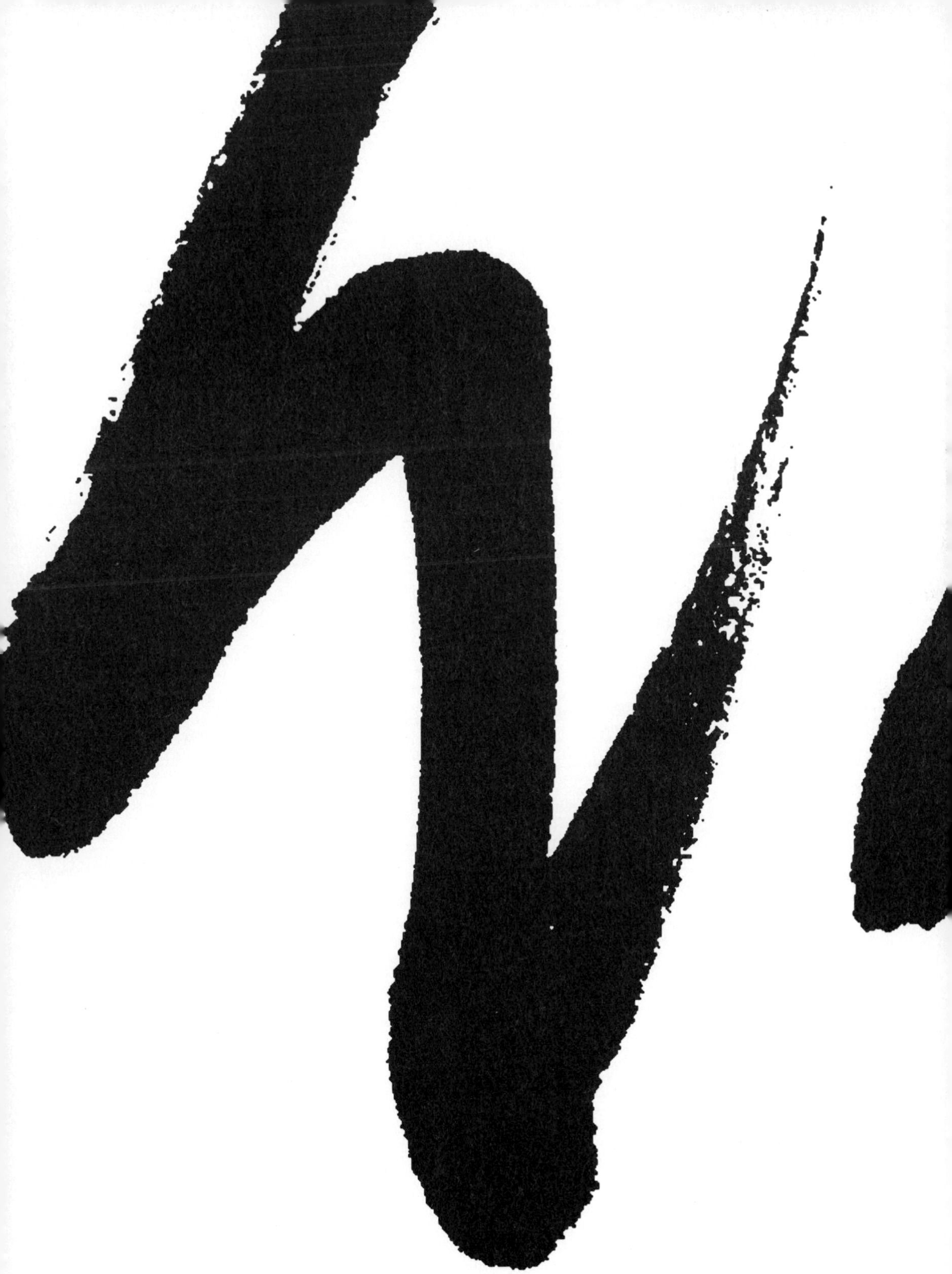

『紙上太極』

一、磨墨寫字

寫字，從磨墨之前的倒水開始，就要有清淨之心，也要有雅潔之意。磨墨倒水，要用水滴細注，水在硯堂如露珠在荷葉上凝聚成珠，如心神的專注。

磨墨容易，也不容易。只要墨條好，總是可以磨得黑，然而墨要磨得細緻，要有輕風拂花的心情，要有力透硯面的巧勁，旋旋而轉，如熱釜融蠟，把所有焦躁、不安、雜思、異念，都緩緩磨進烏黑發亮的墨液之中，像煥發而內斂的精氣神。

磨墨如打坐，然而打坐卻容易雜思不斷，磨墨則專注於水、於墨，一兩分鐘就可以進入寫字的狀態。

現代發明的墨汁太方便，因為方便，所以容易隨便，隨便就容易散漫，不能起敬重之心，寫字也就等而下之了。

——磨墨，把所有焦躁、不安、雜思、異念，都緩緩磨進烏黑發亮的墨液之中，像煥發而內斂的精氣神。（陳勇佑攝影）

二、泡筆淨心

當乾燥的筆毛在水中散開、潤化，緊繃的心境也隨之清涼柔順。

寫字要靠毛筆，而使用毛筆要靠敏銳溫潤的心情。乾燥的筆毛浸潤之後，像茶葉一樣在水中舒展，恢復了生命，散發光彩。

書法以晉人行草最為「風流」，風流者，如風般的流動也，每一根細逾髮絲的毫毛都必須隨著書寫者的手勢，而在筆畫中流動，流暢、優雅、輕風一般的溫柔。

把乾燥的毛筆泡入清淨的水中，是一種清淨身心的儀式，當如觀音手中的柳枝，把瓶中的淨水灑向眾生，醍醐清醒諸多貪嗔痴愚，多看一眼毛筆如何在水中復活，寫字便多一分溫柔。

——當乾燥的筆毛在水中散開、潤化，緊繃的心境也隨之清涼柔順。（許映鈞攝影）

三、筆下含情

書法就是寫字，但也不只是寫字。

古人寫字最媚的大概是趙孟頫。媚者，妍也，嫵媚有致，不是那種媚俗的媚，古人形容王羲之的字也是用「媚」字，是後來的人對媚的字義發生改變，才有貶低的意味。明末清初，有人認為王羲之的字「沒有丈夫氣」，那是因為不懂媚字的字義演變。古人的書法觀點有許多都是錯誤的，讀書要如深度呼吸，常常吐故納新。

趙孟頫的字有一種天生的貴氣，一切喜怒哀樂、窘窮憤懣，都可以被他寫得雍容華貴。人生豈是沒有苦難？筆墨中怎麼可能沒有滄桑？而趙孟頫依然從容以對，那是天生的華貴之氣戰勝了內心的苦惱。

晚明的傅山瞧不起趙孟頫，但又忍不住學趙孟頫，學了以後又說，不過爾爾，如同董其昌一輩子都在吹噓自己比趙孟頫高明，傅山狂鬱、董其昌淡雅，卻始終在趙孟頫的優雅中俯首。

趙孟頫的高貴優雅來自高明的技巧，更來自寫字的心境如不染的白紗，無風自動，而丰姿婉約。

但趙孟頫的優雅不免也成為一種束縛，真正可以做到筆隨心生的，還是王羲之。孫過庭的《書譜》說王羲之：「寫〈樂毅〉則情多怫鬱；書〈畫贊〉則意涉瑰奇；〈黃庭經〉則怡懌虛無；〈太史箴〉又縱橫爭折；暨乎〈蘭亭〉興集，思逸神超；私門誡誓，情拘志慘。」簡單而言，就是隨著心境的不同、寫字的內容不同，而有不同的書寫表現。

筆隨心生本來是一種極其自然的心理、物理反應，也是書法成為藝術最珍貴的因素，歷史上的任何一位書法大師，莫不具備這樣的能力，即便是憂國、憤懣如傅山，他那粗服亂頭式的筆法與章法，不也在在反應了他身處變異時代那種進退失據的慌亂與堅持嗎？

再說同樣以狂草名世，卻背負「貳臣」惡名的王鐸，看似豪邁瀟灑的筆法，其實也是在改朝換代大時代中，道德、人格、氣節、富貴，取捨都進退失據的狂躁不安。

毛筆寫的，往往就是心情與心境。弘一大師的書法用筆走向極簡，沒有了筆法的起承轉合，一筆一畫都相中無相，但說是無相，卻也盡是弘一的本相。

——筆隨心生本來是一種極其自然的心理、物理反應。（黃亭珊攝影）

四、紙上太極

為什麼王羲之很厲害？因為他寫字從來不隨便。

古今書家難免有敗筆，王羲之筆筆精到。

現代人學書法無非是想要學一手好字，卻不知，沒有端正的心，很難寫出好字。

柳公權說「心正則筆正」，我其實不喜歡那樣的道貌岸然，寫字需要的只是敬重其事的正心誠意，以及態度端正。

心正不一定筆正，但姿勢不佳寫字必然落入偏格。姿勢不對，視線就不對，橫直都會變形，寫字最好的姿勢如佛像安坐垂目，雙手自在如環抱太極。

書法是紙上的太極，無動不舞，無往不復，一筆一畫都是力量的初生、推衍與回收。

千百年後凝視王羲之的〈蘭亭序〉，仍然可以感受王羲之筆尖每一

書法是紙上的太極，無動不舞，無往不復，一筆一畫都是力量的初生、推衍與回收。（陳勇佑攝影）

個纖細的動作，永和九年歲在癸丑，那永字的一點如凌空而來風聲，碰到紙上的纖維，順勢微微迴轉，太極雲手般向右下沉去，力道隱含未盡，單鞭蓄勢，繼續向左緩緩推出……光是那麼一點，可以領略的內涵，用十年時間去理解都不嫌多。

光是這麼一點，古人花的時間豈是十年。從王羲之的老師衛夫人的「筆陣圖」開始，到歐陽詢的「八法」，這點竟然如高山墜石，在數百年的時間緩緩落下，而又落之不盡，再用數百年時間，到了明清之際，依然轟然響動，若暮鼓若晨鐘，在宣紙上其默如雷。

但世俗之人總是只看到點畫與筆勢的漂亮與瀟灑，便以為參透了毛筆的天機。

書法的天機如太極，只是一陰一陽的起承轉合，卻包涵了四季的輪迴、晨昏雨晴的變化，沒有起始，也沒有終結。

如同王羲之在〈蘭亭序〉的感慨那樣，今之攬者，亦由昔視今，而後之攬者，也同樣會有感於斯文，正如書法的力道起始映帶，總是朝向下一筆、下一字運動。

或有觀者會問，如果沒字了呢？筆勢朝向何處？

朝向時間的無盡之處。

朝向不知何時何地觀者的眼神。

『書法如道』

一、定靜生慧

古人以書法為識字之始，要求學童啟蒙的時候要每天「寫大字」，培養耐心、陶冶性情。

現代人則注重兒童的才藝培養、潛能發揮，表面上看起來是殊途同歸，其實在根本做法上就已經背道而馳。

一般來說，小朋友除了天性的內外向之分，一般都活潑好動，天真無拘束，因而如何讓小朋友安靜下來是很重要的事。

「定靜生慧」是很容易被忽略的老話，但卻是顛撲不破的真理。佛家說坐禪、道家講打坐，都是安定身心的法門，由禪悟空、從坐入虛，而後智慧生焉。

這裡所說的智慧，不是什麼人生的大道理，而是覺知生命的本質，所以佛家只講智慧，但卻未說明智慧是什麼，道家講悟道，但道可道，非常道。

智慧於是只能意會、很難言傳，更難教、授，只能引領學者親自體會。但坐禪與打坐都是極深奧的事，因為人不容易專心，不專心就是有雜念，所以才需要念佛、持咒、觀鼻、觀心這些步驟來進入禪、坐的忘我境界。

「定靜生慧」是很容易被忽略的老話，但卻是顛撲不破的真理。（陳勇佑攝影）

忘我之思、忘我之身，忘我之念、忘我之想，只純然像一個非我的存在，而後人的理性與感性像磁碟重整般，清出多餘的垃圾、排列零亂的碎片，這才能夠空出心靈的位置，容納智慧的發生。

這其實正是學習書法可以修心養性的原理。真正專心練過書法的人，都一定會有忘我的體會，一切的色聲香味都虛之無之，眼耳鼻舌皆不見不聞，眼前只有毛筆的運動，柔軟的紙張上留下烏黑飽滿的墨跡，空白無字的紙張像天地玄黃像宇宙洪荒，而毛筆接觸紙面的瞬間，就是無中生有，天地從此有了寒來暑往，但專心寫字的人對這一切的生發變化都只是順勢而為、應運而生，因為寫字的當下往往沒有「我」的意識。

寫字的當下沒有「我」的意識，但一個人的生命、修養、喜怒、哀樂，都透過筆墨、轉化為字跡，在紙上靜止的流動。

二、潛移默化

寫書法是可以怡情、可以養性，是一種修養，也是一種修行，可以潛移默化一個人的性情。

學書法，最重要的，是要始終保持對書法和對「寫書法這件事」的敬意，不能因為稍有所得就自大自滿、或輕佻輕浮，一旦心態不正，則萬事皆休。

學書法唯一的途徑就是臨摹經典，經典的臨摹往往必須終身奉行，反覆練習。為什麼要反覆練習？因為需要技術的錘鍊、時間的沉澱。

技術的錘鍊要靠大量的集中火力的練習，像大火燒開水，要在最短的時間內加溫至沸點，時間的沉澱如釀酒，要用漫長的時間讓酒液醇

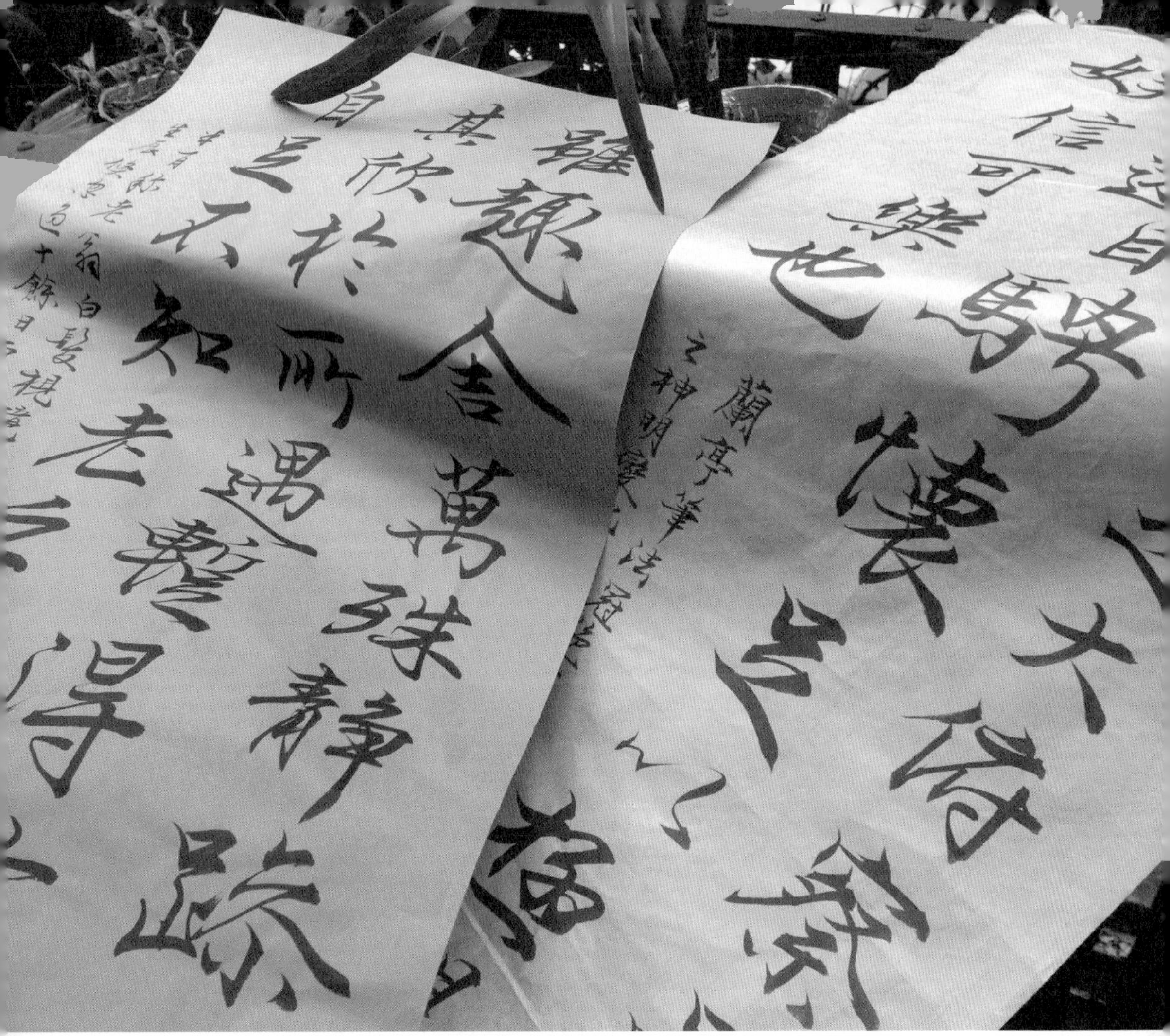

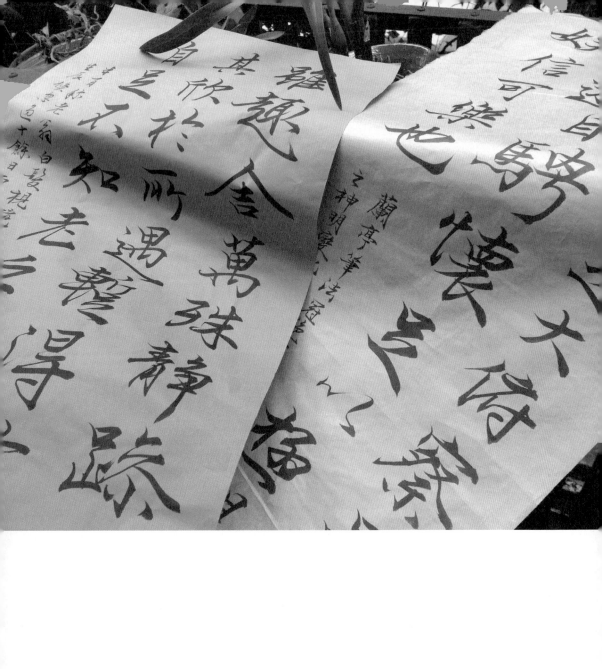

化，讓書寫的功力「內化」為修養與習慣。

書法史上任何一件經典作品，都是歷經千百年時間淘汰的結果，時間淘汰了什麼？時間淘汰了一時的潮流、一地的流行，甚至淘汰了道德教化，淘汰了時代的好惡，留下的是符合千百年美學規範的經典意義，這樣的經典意義雖然一望即知，精微奧妙之處卻不易體會。

顏真卿像金庸武俠小說中的大俠郭靖，寫字老老實實，一招一式練久了，自成氣候。歷史上有太多書法天才，顏真卿完全不能算天才，顏真卿比較像軍人，寫字嚴謹有規矩，一筆一畫都老老實實像在練習立正稍息。天才往往得到很多讚美、不是天才的書法家卻創造出了典範，顏真卿就是那個典範。

顏真卿的書法看起來容易，學起來困難，難的是自始至終都要有敬意、誠意。立正稍息看起來很簡單，要定靜不動卻氣息充滿，內在的精神要從筆中衝向紙面，如忠義貫日月。

顏真卿用他一輩子的忠義在寫書法，像郭靖的降龍十八掌，用一輩子的憂國憂民在練功，沒有那一輩子的用功，何來潛移默化？

二、傳道授業

昔日社會武術流行，江湖門派、武館招生，入門的第一件大事就是磕頭拜師，要終身奉行的第一戒律，就是要尊師，其中大有深意。學書法亦應如此，不能尊師，師生之間彼此提防，各有心機，師者豈能傳道、授業、解惑？而學者豈能接道、納業、釋疑？不能也，故教之無心，學之不能。

傳統技藝特別講究尊師重道的原因，任何一門技藝要到達巔峰，就必然要「技進於道」。

道，道路也、方向也。道就是你的頭腦（首）要前進、行走的方向。師者所傳，就在這個方向而已。耶穌的話是真理，佛陀的話是至理，他們說的，也就是心的方向而已。

人之初學如宇宙洪荒，天地四方要身向何處，端視老師的指示。

書法之道博大精深，整個中華文化的所有一切，待人接物的道理、尊師重道的誠敬、詩詞繪畫的美，茶、酒、飲食的享受，服飾、音樂、舞蹈、園林建築的精緻，醫學、武術的玄奧……都透過書法來記載、來傳承，現代人學書法只學技術，如練太極只打架式，樣子唬人卻不堪一擊，老師不說破，學生一出去江湖歷練，一拳就被打死了。

老師說破了，學生程度未到，還是聽不懂。所有的年輕人都討厭父母囉嗦人生大道理，父母如果不是吃過苦頭，就囉嗦不了什麼大道理，年輕人總是得親自經驗了，才可能想起父母曾經告誡的經驗。所以學生聽話很重要，懂，要記得，不懂，也要記得。重要的是，不能把老師的話當作耳邊風，學生聽過就算，老師以後不會再說。

師者，傳道授業解惑也。傳道，傳遞心法方向；授業，教授知識課

業；解惑，解決迷惘疑惑。傳道、授業是教導正確的觀念和方法，解惑，是解決錯誤的迷惑。有效的教學，必然包括正確學習和錯誤排除。如同醫生問診開藥處方，如果學生不能敞開心胸，老師再高明，即使能夠教授正確的方法，也無法糾正錯誤心態下發生的種種「暗疾」，學習的效果必然大打折扣。師者有意，而學者無心，不如不學不教。

書法是一門博大精深的寶藏，如果只學寫字的技術，就如同在大山大海之中迷途於小花小草，老師隨手一指，可能就是雲深不知處的境界，即使看不到，也要心存敬畏與嚮往。

沒有這樣的敬畏與嚮往，走進書法的大山，便只有迷途而已。

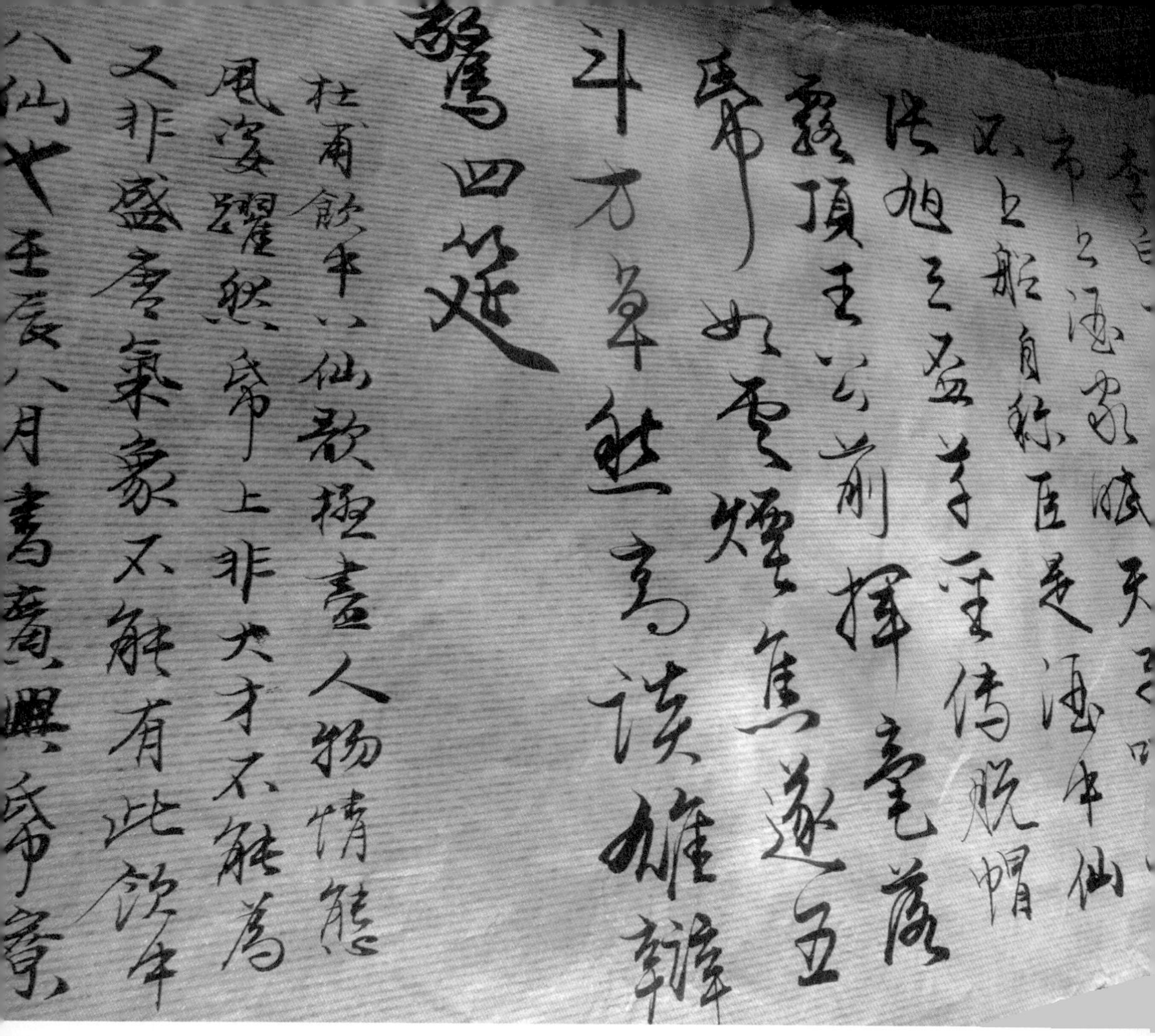
李白
市上酒家眠天子呼
不上船自稱臣是酒中仙
張旭三盃草聖傳脫帽
露頂王公前揮毫落
紙如雲煙焦遂五
斗方卓然高談雄辯
驚四筵
杜甫飲中八仙歌極盡人物情態
風姿躍然紙上非大才不能為
又非盛唐氣象不能有此飲中
八仙也壬辰八月書

『墨說從頭』

時間是民國六十九年一月，我大二那年的寒假，經過了幾個月的觀察打聽，終於下定決心要去學書法。

雖然從小學開始就寫書法，也因為寫得不錯，常常代表學校參加比賽，但看到大學書法社同學寫字的情形，我就知道，要真正把書法學好，還是得拜師。

於是在中文系同學的帶領下，到了王建安老師那裡開始學書法。現在回想起來，王建安老師教書法的方式，以及在王老師那裡學寫字的氣氛，都是非常難得的，雖然當時我其實並不知道。

王老師的書法班是一個開放式的教室，雖然有班別，但任何時候你去他都教，而且不另外收費。我記得那時的學費是一個月兩百，大概佔了我當時生活費的十分之一。

一、初學書法初磨墨

以一個中興大學食品科學系的學生來說，當時為什麼要去學書法，連我自己也不太明白。不要說在食品科學系，即使在整個中興大學學生當中，好像也沒幾個去學書法。

但無論如何，我去了，而且從此開始每天至少六小時的練習。當時

——寫書法，一定要會磨墨。（陳勇佑攝影）

只是覺得要趕快把書法寫好，學生的好處，就是時間多，所以一有空，我就練習書法，在實驗室做實驗時，有許多項目要長時間的等待，別的同學看武俠小說打發時間，我則練書法。

王老師教書法的地方就是住家的閣樓，樓下是他兒子開的文具店，不大的閣樓，大約每次可以有十至十五個學生，我都是早上七點就到，別的同學最早也要到十點才陸續有人來，所以很能安靜寫字。

書法教室沒什麼設備，就是一長條靠窗的桌子，有硯台、墨和毛筆。當時老師提供了墨、硯台、毛筆，我們只要帶紙去，紙是那種印有九宮格的小冊子，一本兩塊錢，這是自己要買的。

因為毛筆、墨都是大家共用，當然好不到那裡去，有些毛筆甚至已經是沒有鋒了，我們就是用那樣的筆墨練字。

墨條不記得是什麼牌子了，只記得大概就是一兩大小，因為寫字的地方不大，硯台是那種七八公分寬的小硯，墨條當然不可能太大。

那時台灣做墨的廠商還有一些，一般文具店也都賣硯台和墨條，因為當時學校規定要用書法寫週記，而當時的墨汁品質相當不好，容易沉澱，氣味更可怕，所以在王老師那裡寫書法，一律都是磨墨。

當時的墨無論如何是不可能講究的，但很容易磨得黑，不像現在的一些墨，吹牛說是什麼遵古法製造，用的材料多名貴，價格更是不便宜，然而就是磨不黑。

前幾年，一個學生在鄉下的文具店，找到一批「中華墨」，似乎就是當年的我們學書法用的那種墨，外表粗糙，但一磨就黑，非常好用。

現在重新去看那些墨，顯然都是用工業碳粉做的，不是什麼好墨，當時要買好墨，一般文具店是沒有的，得到賣傳統書畫用品的筆墨莊去。那時比較好的墨條都是輾轉從香港進口的大陸墨，比較有名的就是「鐵齋翁」，後來才知道，那些都是上海墨廠生產的墨，也有少數從安徽來的墨。

二、故宮的墨

畢業後我到台北工作，認識了許多書畫界的朋友，他們都是專科出身，又有師承，對書畫的工具材料比我這個只是專心寫字的人講究太多，也因而慢慢開始了解筆墨紙硯的知識，逐漸升級自己的文房配備。

那時台灣的文房四寶基本上都還是進口的大陸產品，筆墨紙硯中只有做毛筆的人還多一些，做墨的幾乎很少很少。

比較特別的是，當時書畫界的朋友很喜歡到故宮去買東西，因為當時故宮設有科技室研究筆墨紙硯，並且委託廠商生產，墨尤其精美，墨模的雕刻非常細緻多樣，而且墨也很好用，所以每次到故宮總是會去買一些墨回來。

故宮早年製作的墨條，極為精緻。

到現在我還保留了一些當時在故宮買的墨，因為數量不多，平常不輕易使用，也一直後悔當時沒有多買。

而當時沒有多買的原因，是因為故宮的墨比市面上的墨貴許多，但如果以品質來論，其實當時故宮的墨還是很便宜的。

三、江老師的墨

一九九一年，我拜入江老師的靈漚館，成為江門小學生。不但書畫的眼界大開，對文房用具的講究，也有跳躍性的成長。

作為書畫大師、同時又是故宮副院長，江老師的畫室就像一座探索不盡的寶庫，任何一樣東西都精緻無比，不要說用，光是看看那些毛筆、硯台、盒子、水盂、筆洗、印泥盒、印章、墨條、紙鎮……，都極其賞心悅目、真是無比的享受。

在這樣的熏陶下，沒有起而效之的心情是很難的，於是我更加頻繁出入台北的筆墨莊、古玩市場，到處尋找心目中理想的文房用具。

墨是每天要用的東西，對一個書畫家來說，沒有好墨就等於士兵沒有了武器，因此「尋找好墨」一直都是最大的課題。

除了墨條之外，當時台灣已經進口日本的開明墨汁，品質相當穩定、好用，就我所知，有許多書法家都用開明的墨汁，臺靜農先生、江兆申老師也用開明的墨汁，不過用墨汁要比較小心，裱褙的時候如果技術不好很容易暈滲而毀了作品。

在尋找好墨的過程中，慢慢對墨的認識也深刻廣泛起來，當然也買了不少好墨，不過，我最「覬覦」的，還是江老師做的「靈漚館墨」。

江兆申老師的文房很多都是訂做的，紙張、毛筆是在日本訂做的，墨則是故宮的同仁找外面的廠商，按江老師的配方做的。靈漚館墨有好幾種款式，「靈漚館」是一般長方形墨條、「玄冰」則是仿故宮玉琮的形式，造型極為典雅，還有精緻小巧的「雙菩提樹盦寫墨」，都配有藍布墨盒，非常典雅。

江老師做的墨應該是當時台灣品質最高級的墨，墨色深沈、濃淡層次分明，磨墨時香氣撲鼻，磨感綿密，使用上不僅得心應手，而且非常享受。

我後來比較江老師做的墨和先前買的故宮墨，發覺兩者的品質非常相近，所以應該是江兆申老師做墨的時候，把配方給了廠商做成故宮墨，也難怪當時的故宮墨品質那麼好。有了這樣的推測之後，就更後悔當年沒有多買故宮的墨。

江兆申先生製作的墨。

四、王國財研究墨

二〇〇一年，我在多方探詢之後，終於找到造紙專家王國財，從此和國財兄有了極為頻繁的互動。

大家都知道王國財研究造紙，也以為王國財只會做紙，其實王國財的研究範圍很廣，從紙張、顏料、墨到書畫的保存等等各方面，都有相當系統的研究。

王國財研究墨的方向不是做墨，而是站在書畫保存的立場，研究分析市售墨汁的酸鹼度。

書畫創作者通常只在意東西好不好用，自己的創作結果如何，但很少考慮到書畫的保存問題，研究人員畢竟有他們的邏輯，他們關心的面向，也一直是台灣書畫教育中最缺乏的觀念。

對很多書畫家來說，墨汁、墨條沒什麼差別，松煙、油煙也無所謂，重要的是他用起來方不方便，因此我常常看到許多書畫家在硯台上倒墨汁，再拿墨條磨以增加濃度，這種用墨的方法，其實很有問題，因為墨與墨汁的成份可能會有不好的化學反應，在裱褙和保存的時候，可能會出現問題。

傳統書畫的保存，首先是看紙張本身的品質，而後是使用材料的適當與否，如果紙張是酸性的，用的材料也是偏酸，紙張就很容易碎裂，工筆畫使用的紙張，以前都是用松香皂或明礬做熟，好處是不減墨色，

墨的好壞，是書畫作品成敗的關鍵。（許映鈞攝影）

缺點是紙張容易脆化，如果用的墨、顏料也是酸性的，對書畫作品的保存是一大傷害。

根據王國財的研究結果，當時台灣市售的墨汁大都偏酸，有幾種日本墨汁酸度值更高達九，我知道以後大吃一驚，從此不敢再用墨汁寫作品。

當時為了幫學生找墨，花了不少錢請大陸的朋友搜集了不少墨條，一一測試，買到墨條各有兩份，其中一份我拿去給國財兄，請他們幫忙測試，但國財兄當時忙著造紙，分析墨條是一項大工程，那些墨始終都沒動過。

其實當時我還有一個期待，希望王國財可以研究出讓墨色更深沈黝黑的方法，因為每次去故宮看展覽，總是對古人書法墨色的濃郁深沉感到驚訝，反觀現代人做的墨，用起來總是覺得不夠深沉，所以當時也和國財兄討論了許多這方面的看法，國財兄那時也開始寫書法，對墨色的研究倒是興趣盎然，還幾次展示了他的研究結果給我看，經過王國財的調整，許多市售的墨汁，變得深沉無比。

可惜的是，沒過幾年，國財兄就退休了，對於紙墨的研究也就中斷了。

五、詩硯齋墨

二〇〇三年以後，我陸陸續續買了不少大陸新生產的墨，也認識了不少大陸製墨的廠家。

中國大陸改革開放以後，整體社會慢慢呈現出相當強的復興能力，尤其在二〇〇〇年以後，隨著經濟的成長，幾乎到處猛爆性成長，在此之前的墨條，雖然也維持一定的生產機能，但因為是國有民營，所以在品質、品相上都相當粗糙，後來私有化企業增多，大家才真正下功夫去改進產品。

大陸傳統文化產業的底子畢竟傳承深厚，所以一有了適當的社會條件，幾乎在一夜之間就可以脫胎換骨。二〇〇五年左右我注意到許多優秀的墨廠重新加入市場，這些墨的廠商原本就是當年老牌子胡開文、曹素功的基礎，幾百年累積的做墨經驗非同小可，各式各樣造型精美、配方優異的墨條，忽然一下子全出現了，對於長年尋找好墨的我來說，就像看到一個完全開放的寶庫，這裡買一點，那裡買幾條，幾年下來，算算竟然買了數百條的墨。

而買墨之餘，難免想到當年江老師的故事，因而也開始計畫做一條我自己專用的墨。

做墨和做筆一樣，都要有相當數量才有廠商願意配合，幸好詩硯齋的學生不少，一個人分配二條墨，輕易可以達到做墨的最低數量。

做墨和做筆不一樣，做筆可以請廠商少數製作樣品，測試確定合用

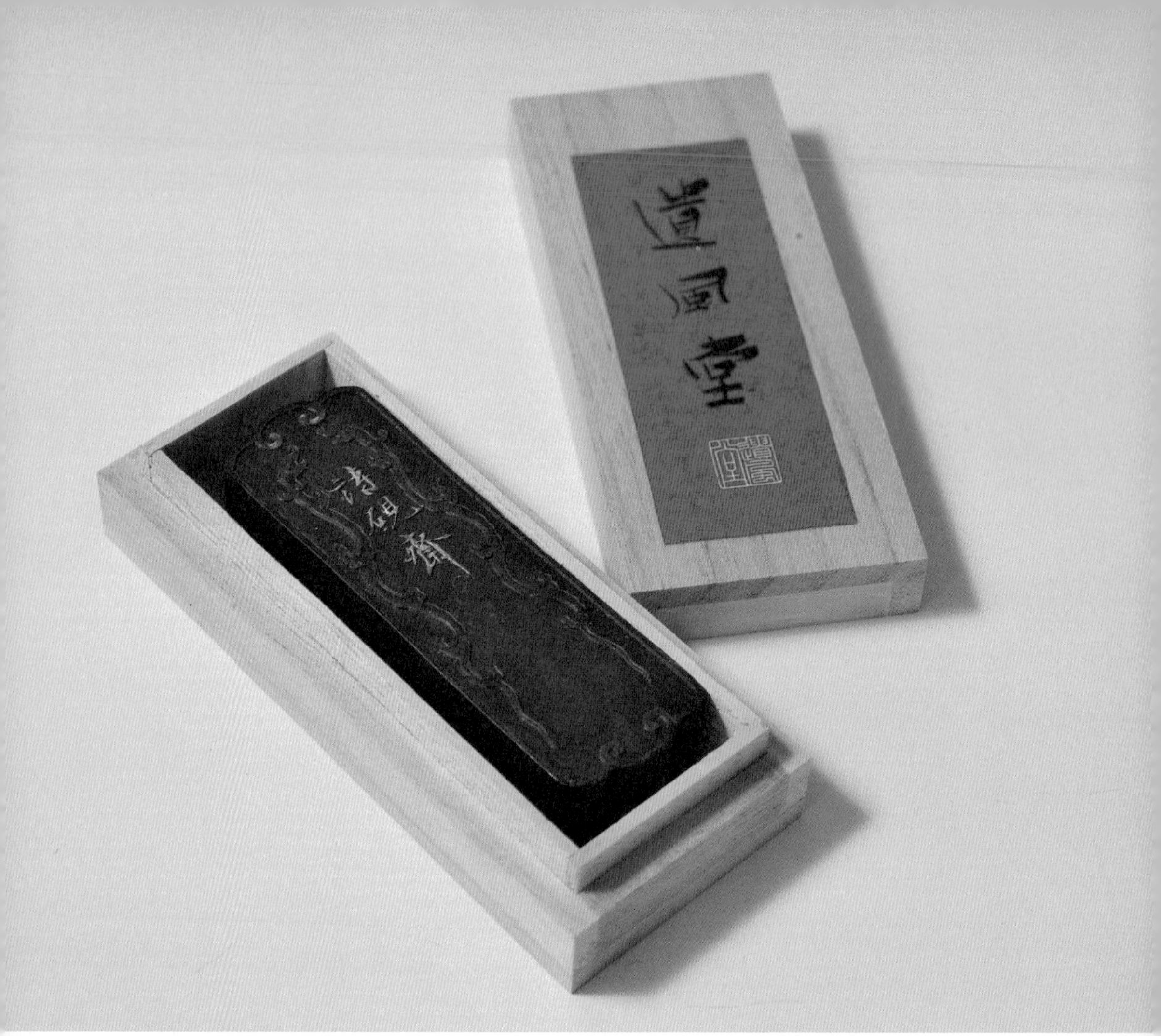

詩硯齋墨

以後再量產，墨比較難要求做樣品，所以只能先選出最適合的墨，再和廠商商量如何修正成我要的條件。

這個過程有相當程度是在嘗試錯誤的，因為廠商原來的成份和配方比例不可能給，只能儘量溝通。

幸運的是，第一次試做的「詩硯齋墨」就很成功，無論墨的樣式、濃度、磨感，都相當好，甚至比廠商原來銷售的成品更好。而之所以如此，是因為我在調整成份的時候，有書畫應用的經驗，所以知道要如何改善原來的配方。

做筆做墨的人雖然都是這一方面的專家，但其實他們不一定真正懂筆懂墨在實際使用上的狀況，要說到會用、如何用，以及如何改進，還是得靠書畫家。

不過書畫家也經常會被自己的感覺欺騙，因為特別的、稀有的文房，

總是容易有先入為主的「比較好」的認定，判斷就會偏差，更嚴重的是因為這種心理，也很容易讓人誤入歧途，反而迷失了方向。

三十年來，我用過墨的種類也不算少了，也交了不少學費，大致上的結論是，好墨很重要，但書畫本身的修養更重要。文房用具的講究可以讓書畫作品更上層樓，也可以增加書齋的生活品味，但最根本的，還是書畫能力的修養要夠，否則一切都是空談。

我常常看到大陸網站上許多業餘玩家談墨的好壞，他們對墨條的年份、產地都很清楚，說起墨的好壞好像也是頭頭是道，有的甚至附上許多「試墨圖」證明他們的看法，但坦白說，在電腦上判斷墨色如何，我覺得只能自說自話。

看到這樣的網站資料，我總是匆匆閱過，然後趕快回到畫桌，磨墨寫字。

『墨韻穿越』

一、墨的穿越

中國大陸近年流行「穿越」，不但穿越的古裝戲成為風潮，也有人致力墨的穿越。

墨的穿越，是指用高壓鍋水蒸煮、或用微波爐，使墨條快速退膠的方法。

墨條的退膠，一般是指墨條中的膠在經過一定時間之後（通常要數十年），膠性退化的結果。

很多大陸書法網站的文章都大力推薦，說用微波、蒸煮之後，墨的表現更為漂亮。

但我實際測試過，對用微波、蒸煮墨使之退膠，可以增加、改善墨的表現能力的說法，非常不以為然。

歷史上做墨的名家，以李廷珪最為著名。李廷珪，原姓奚，南唐易州（今河北易縣）人。唐末遷居歙州，製墨絕佳，深得南唐後主李煜賞識，任墨務官，賜國姓，易名李廷珪。

李廷珪在繼承祖輩技術的同時，努力創新。他經反復研究和無數次的實驗，發明了新的配方：松煙一斤、珍珠三兩、玉屑一兩、龍腦一兩，和以生漆、鹿角膠、珍珠、犀角、藤黃、巴豆、桐子油、麝香、冰片、桍、木皮、石榴皮等物，搗十萬次。所以他做的墨，膠不變質、墨不變形，品質大大超過了爺爺和父親，達到了登峰造極的程度，遂又形成了新的品牌——「李廷珪墨」。

據說李廷珪所製的墨，「豐肌膩理，光澤如漆」，而且堅硬如石，「可削木，墜溝中，經月不壞」。墨磨後的邊緣如刀刃，可以裁紙。有人做過實驗，用這種墨抄寫《華嚴經》一部半，才研磨下去一寸。還有人研磨習字，「日寫五千」，一枚墨竟整整用了十年的記載。「有貴族嘗誤遺一丸（李廷珪墨）於池中，逾年臨池飲，又墜一金器，乃令善水者取之，並得墨，光色不變，表裡如新。」

南唐李後主文藝多才，極為講究文房用品，「諸葛筆」、「李廷珪墨」、「澄心堂紙」、「婺源龍尾硯」稱為「文房四寶」，李廷珪墨的品質精良，在蘇東坡、黃山谷等人的筆記中也經常提及。

李廷珪的墨之所以能夠「可削木，墜溝中，經月不壞」，簡單來說，就是墨裡面的膠和其他物質混合、完全乾燥後，堅硬、不溶於水。且不深究墨條在水中不化是否表示墨比較好，但無論如何，在墨色表現上，膠的好壞對墨的質量影響最重要。

膠在墨中主要有三種作用：一、製作墨條時定型，二、使用時以膠的黏性讓墨粒子附著在紙上，三、以膠的光澤度，讓墨在紙上表現出溫潤的效果。

因此，墨中的膠性退了以後，理論上說，對墨只有壞處沒有好處。

在墨色表現上，膠的好壞對墨的質量影響最重要。

然而，既然如此，又為什麼追求退膠的墨呢？

主要的原因，是因為人們對老墨的迷戀。

張大千曾經不只一次說過，乾隆以前的墨條最好，道光時期的墨還勉強可用，再晚的，就不好了。

張大千是近代書畫成就最高，也最講究筆墨紙硯的畫家，他一輩子都在追求書畫材料的極致，以他的經驗說墨，當然有極為精到的地方。

而大家對張大千說墨的理解是：墨的年代愈久愈好，至少老墨比新墨好就幾乎成為定論。然而這種觀念並不正確。

新墨，定義很清楚，是指剛剛做出來一兩年內的墨，墨條甚至還沒完全硬化。

老墨的定義就非常模糊，甚至完全沒有標準，有的人認為，十年以上的墨就是老墨，也有的人主張要二十年以

上，至於百年以上的墨，更是珍貴。

數年或數百年的墨當然珍貴，但那是因為時代愈久，東西的取得和保存就愈難得，所以從文物的角度來說，老墨是珍貴的，明墨比清墨好而貴，元墨比明墨好而貴，以此類推。

但就使用上來說，卻未必如此。

老墨的好壞，就使用效果而言，首先要看原來做墨的品質如何，而後看墨的保存狀況，再來才是看墨的年代，墨並不是愈老愈好。

就算是原來做得極好的墨，也不見得愈老愈好。如果墨退膠了，再好的墨也沒用。

張大千說乾隆時期的墨最好，道光時期的墨勉強可用，再晚的，就不好了，主要原因在乾隆之後做墨的原料、工法愈來愈差，而並非年代愈久的墨愈好。

所以以前的人，如果得到已經退膠的墨，會用新墨「再和」，最主要的原因，是老墨的煙料好，丟掉可惜，但已經退膠的墨不能用，所以要用新墨（膠）再重新做過，使之可用。

既然如此，為什麼還是有這麼多人熱衷墨的穿越？我覺得，一是表示自己講究，二是可以藉此唬弄其他的同好，三是穿越過的墨的確比較好。

很多人是信誓旦旦的說，穿越過的墨，的確比較好，尤其在淡墨的通透性上非常突出。

穿越過的墨，由於膠性的被破壞或分解，墨色表現會和原來有所不同，這是一定的，但是是否比較好，我覺得見仁見智。以我實際操作的結果，差別不大。

墨的使用是不是可以發揮到讓人覺得層次分明、賞心悅目，最主要靠的還是書畫的技術和能力，而不是材料本身，對高手來說，墨汁也可以有很好的表現，臺靜農、江兆申先生也用墨汁寫字，他們寫出來的作品，墨色一般都極為漂亮，乾濕濃淡的變化非常豐富。

即使以材料本身的好壞來說，墨的表現，還要看載體（紙張、絹）的性質如何，書畫風格的種類，也影響墨韻的表現，說墨經過微波、蒸煮之後就如何如何，坦白說，唬人的成份居多。

寫字畫畫要講究筆墨紙硯，但主要的目標還是應該放在書畫技術、人文內涵的養成上；筆墨紙硯的追求，也應該是講究品質上的精良，可以因此增加作品的表現深度，一味追求強調筆墨紙硯的稀罕奇巧，完全沒有意義。

二、墨分五色

中國書畫皆以墨為本色，即令工筆繪畫之重色濃染，亦必先得墨稿。墨稿好壞，影響後續上色工序以及最後的繪畫成果，不能「墨分五色」的墨稿，必然是次等之作。

墨之為用，其奧妙之處，非精於書畫之人無以致知。墨匠能做墨，

——不能「墨分五色」的墨稿，必然是次等之作。（許映鈞攝影）

自然了解墨的基本好壞，但墨色之精微究竟到什麼程度，只有書畫家可以掌握。畢竟墨匠不善書畫，未能窮究墨的各種使用效果。

例如，以墨的黑度來說，理論上與墨的濃度成正比，然而實際應用並非如此，過度焦濃的墨，想像中應該是最黑的，因為其中的墨量最多，所以應該最黑。在水墨繪畫的應用上，最後的步驟也就是用焦墨或濃墨「提醒」可能過於平淡的畫面，增加一點高濃度的墨色，可以讓畫面立即有精神起來。

然而過濃的墨就會黏在筆上，不容易從毛筆移到紙張上，因此太濃的墨反而無法適當表現出墨的色調。

每一條墨的性質不同，墨本身就有不同表現，而同樣的墨在不同的紙上有更多變化，同樣的紙，用不同的墨固然會有不同表現，同樣的墨，在不同紙上通常墨色也都不一樣，墨的使用，何其困難？

三、墨的韻味

墨韻之難，在完美之墨韻須確實掌握紙、筆、墨、字四者之最佳關係。

古人寫字，墨以筆畫流暢為宗，晉唐書法墨色之佳，於今見之，則仍亮麗如昨日書就。宋人用墨最講究，其烏黑沉厚，令人驚艷。

二〇一三年三月在東京博物館，見趙孟頫行書真跡，紙色古老而墨色如新，凝視久之，如在夢中。

宋朝黃山谷、米芾的墨色一向以濃厚著稱，近距離觀察他們書法的墨

墨韻之難，在完美之墨韻須確實掌握
紙、筆、墨、字四者之最佳關係。

色，真可以說是深沉如夢。

古人用墨大抵如是，總之以濃黑為尚，到了明朝董其昌才開始用淡墨，溫潤妍美，略無暈滲之病，非用筆精妙而善知紙墨關係之精微，無以致之。

明末傅山、王鐸用筆粗放豪邁，用墨淋漓盡致，墨色濃淡濕燥，極盡變化之能事，後學者目炫其技，風從者眾，於是書法用墨之道，至此為一大變，而「惡墨」橫行，滿紙烏煙瘴氣，亦由此風行矣。

傅山主張寧醜毋巧，字法支離破碎，王鐸用筆豪邁，往往一筆數字連綿而下，觀者以為神、能，傅山、王鐸影響所及，則二王精妍行草、唐代嚴謹楷書之千年經典，竟被棄之如敝屣，以是書道正統竟式微三百年，於今猶見其害也。

以時代風格論，傅山、王鐸之書法主張、書風呈現，確有其正面意義，但兩者之論過於偏激，未明書法之根本原理者，極易受其名聲、地位、影響所迷惑。

傅山、王鐸字法支離破碎、行氣隨意變化，後學者迷於其中酣暢，模之仿之，而漸入魔道而不自知也。

傅山、王鐸何許人也，一稱「晚明第一寫手」、一稱「筆神」，其於書法技藝，精妙嫻熟可知，以其精熟，雖放手縱意，自有規矩在焉，常人既無彼等功力，而妄為豪邁，必然粗俗，卻以傅山、王鐸之言洋洋得意，大言以醜為美，其中惡質劣法，真不知伊於胡底矣。

以我看來，老實磨墨，墨濃了再寫字，還是最為重要，墨色一旦濃黑深沉，自可穿越時空，感動不同時代的觀眾。

做筆的故事

這幾年，我做了不少筆，自己用，也給詩硯齋的學生用。但一直沒有打算開放外售。

原因很簡單，做一枝筆，不管有沒有成功，要耗費的心力都非常大，要把筆做好，其中辛苦實在不是一般人可以了解。然而對買筆的人來說，不過就是一枝筆幾百塊錢的事，沒什麼了不起，因為知道許多人有這樣的心態，所以我不願意外售。

現在網路方便，網友很容易找到我，因而也常常接到類似這樣的訊息：「我要買二枝筆，多少錢？你帳號給我？」其態度之粗糙、草率、無禮，常常讓人感嘆。

更多的人看了我的書，就直接來要跟我買筆，一知道筆不賣竟然就生氣了，真不明白這種人的教養在哪裡，我教你寫書法的知識，可沒義務幫你準備寫毛筆的工具。

這種人太多，更讓我不願意賣筆。

我曾經寫過找紙的故事，其實找筆的故事更多、更難。

一、做筆很難，用筆更難

我常常說，天下好的毛筆很多，會做筆的師傅也很多，但是，真正會用筆的人、知道一枝筆要怎麼使用，則只有功力深厚的書畫家才能做到。

而要訂做出一枝適合自己使用的筆，那更是難上加難，除了精湛的書畫技術，也要了解做筆的技術，以及毛筆的形制和書法風格之間的種種複雜關係，在試做試用的過程，還要有足夠的知識與耐心和做筆的人溝通，一枝好筆的完成，說比登天還難，也不是太誇張的說法。

有的人也會認為，現代科技那麼發達，做一枝毛筆有什麼難的呢？說這種話的人，一點常識都沒有。

現代科技雖然發達，但並不是萬能的，以做毛筆來說，現代發達的科技，可是連一根動物的毛都做不出來，更不用說做筆了。

毛筆最大的變數是動物的毛，每年的氣候不同，動物的生長情形不一樣，長出來的毛就有不同程度的差異，如何把毛筆做到「每年差不多」已經是非常不容易的事了。

我每年大概都會做一兩款毛筆，每次做出來的都不大一樣，原因就是變數太多，不是做筆的人可以控制，所以如果做出來的筆和想像中的有差距，我也不會太苛求。

寫字的人要愛惜毛筆，也要懂得找筆，因為就算有人可以幫忙做筆，他也可能只擅長一兩種毛筆，不可能完全滿足書法家的需求。

——真正會用筆的人、知道一枝筆要怎麼使用，則只有功力深厚的書畫家才能做到。

二、選錯毛筆，影響嚴重

篆、隸、行、草、楷每一種書法字體的風格、大小，都只有一兩種特別適用的毛筆可以使用，選錯毛筆，不但影響學習效率，甚至可能養成許多壞習慣。

因而所有的書法家幾乎一輩子都在找筆，找適合他使用的筆。

大陸一位做筆的師傅李兆志寫過一本書《啟功與筆工》，講述記錄了一九六〇年代年輕的李兆志和大書法家啟功交往的經過，以及李兆志為啟功特製「白雲青山」系列毛筆的細節。「白雲青山」不是普通的毛筆，而是專門為啟功的書寫習慣、風格而量身訂做的毛筆，是經過啟功長年試用、李兆志再不斷修改，而後才慢慢發展成形的毛筆，一枝小小的毛筆，可以說傾注了兩個人心血和智慧。沒有啟功的書法功力、沒有李兆志的製筆功夫，以及兩個人超越年紀、身份、社會地位的真誠交往，又怎麼會有這樣的一枝毛筆產生？

我做的筆當然還不可能達到「白雲青山」那樣的際遇，事實上，很多廠商沒時間、也沒意願和我們這種訂量不多，要求卻很嚴格的書畫家打交道。

所以在做筆的過程，常常會碰到許多挫折，常常會想要放棄，這些，都不是那些認為花錢就有的人可以想像和願意尊重的。

然而，對沒有筆的人說，做筆過程如何不重要，有多麼困難也不重要，其中有什麼心路歷程，更不重要，唯一重要的是他能不能得到那樣的好筆。這種心理也可以理解，但如果態度太不尊重，確實讓人覺得厭惡。

——所有的書法家幾乎一輩子都在找筆，找適合他使用的筆。（黃亭珊攝影）

三、學習書畫，首要尊師

以前教學生瘦金體，瘦金體需要比較特殊的毛筆才容易寫得出來，甚至可以說，如果沒有適當的毛筆，根本不可能寫出瘦金體。

我自己有一些寫瘦金體的毛筆，但總不能把我自己的毛筆讓出來給學生練習用吧？所以就叫學生自己去找筆，這一找，花了幾個月的的時間，也花了數萬元，就是連一枝可以寫瘦金體的毛筆都沒有。

後來沒辦法，還是得親自出馬，找大陸做筆的朋友想辦法，好不容易才做了一百枝筆出來。

以前我們跟江兆申老師學習的時候，自己買到什麼好筆好墨，第一個想到的，一定是拿去奉獻給老師，而不是自己用，那種心意真的是敬師如父，好吃好喝的，總是要先孝敬父母，有剩下的，才輪到自己享受。

現在的人不但沒有這種心態，反而是到處打聽老師的筆去哪裡做，想要私下拜託做筆的師傅照老師的筆偷偷做一些，老師的紙去哪裡買，也要想辦法去買一點，做這樣的事，基本上就是沒有了尊重與敬重，要知道門路與答案，可以直接問老師，老師不願意回答的，自有他的道理，無論如何要尊重。

還有的人，買到什麼特別的東西，不是拿來分享給老師用，而是在老師面前吹噓自己買了什麼筆什麼墨，凡此種種，真是讓人不知如何反應。

學習書畫，首先就是要學習尊師重道，如果連老師都不尊重，那怎麼教得下去呢？

我常常講一個很簡單的例子，要寫好字，前提就是要把毛筆整理好，要把墨磨好、把墨蘸好，但有時上課跟學生說，你的墨不夠濃，有的學生竟然會回答，我覺得還好耶？學生這樣說，那麼因為墨不夠濃而引發的種種問題也就都不用更正了。

坦白說，很多老師教書畫都是藏私的，有的老師甚至不讓學生看他寫字畫畫，我不敢說我教得多好，但至少從來不藏私，但也未必因此就能夠對學生傾囊相授，因為學生學到某個程度以後，如果有了傲慢、自大的心，那就不可能再教下去了。

有的人甚至以為老師有的文房用具他也都有了，從此可以和老師一樣了。

學習書畫，首先就是要學習尊師重道。（于海櫻攝影）

四、筆墨紙硯、天份才情

文房用具的講究，是學習書畫過程中的一個重要環節，好的筆墨，可以增加作品的質感，好的紙張，可以讓書畫更精采，但是，最重要的，還是在書畫功力、人文修養、以及個性、天份、才情。

看不到這些「最關鍵」的元素，以為有了特製的筆墨紙就可以達到和老師一樣的成就，這種「自目」的人，其實還不少，也常常讓人不禁為之搖頭嘆息。

還有些人喜歡用難用的毛筆來顯示他的功力，例如用長鋒羊毫寫字，其實這種炫耀的心態大於寫字的能力，對寫字完全沒有幫助。

用筆最適當的態度，就是選對毛筆，把字寫好。

因此，即使在我們的書法教室，初學者還是用不到我做的筆，因為如果完全沒有基礎，那就不可能感受得到毛筆好壞的差別在哪裡，反而只是浪費了好筆而已。

何況學生也要懂得自己去找筆的，找筆的過程可以學到很多東西，而找筆的困難，也多少可以讓人產生一點珍惜好筆的心情，而不是那麼粗糙的以為有錢就可以買到任何東西。

且不要說做筆要有學問，光只是買毛筆，也要有很多知識，否則很難買好用的筆。

常常有人問我，要如何買筆，光是聽到這樣的問法，就知道問問題

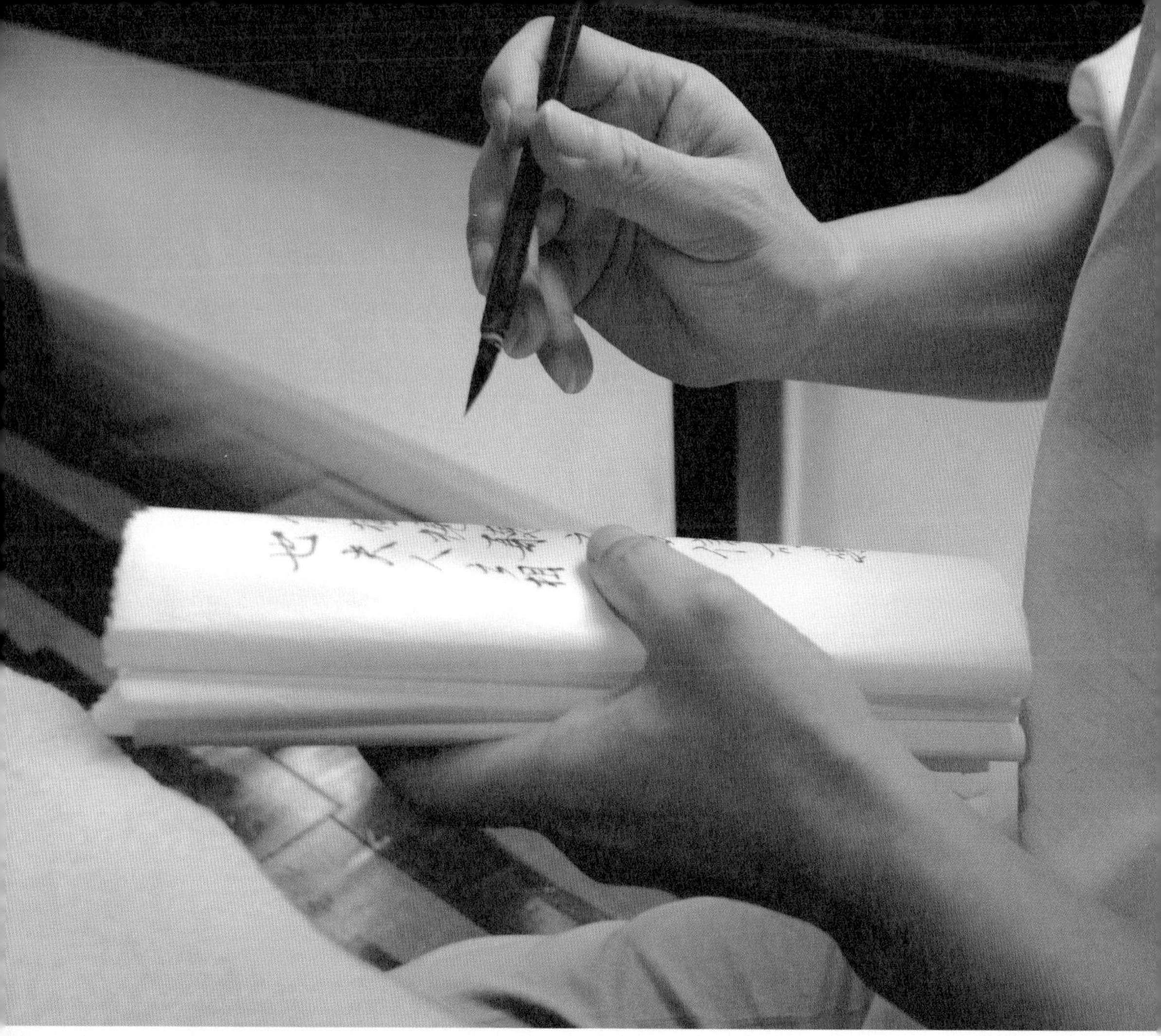

——書法並不是單一存在的學問或技術。（陳勇佑攝影）

的人是初學者，毛筆的種類、大小那麼多，書法的風格也那麼複雜，毛筆種類和書法風格是有一定關係的，沒有基本的認識，不可能買對毛筆。

現代人學書法，通常不知不覺中把自己限制在學寫字的技術這個範圍內，關於筆墨紙硯的知識卻從來不具備，也不知道要主動去學習，這樣怎麼可能學會書法？

書法並不是單一存在的學問或技術，書法是用毛筆沾墨、寫在紙張上，筆墨紙硯這些書法的工具、材料，當然對寫字這件事有決定性的影響，不了解這些和書法相關的知識而只學寫字的技術，是學不會書法的。

所以，想要學會書法，還是得常常去筆墨莊，不時的為自己尋找適當的毛筆。

一張好紙的故事

——廣興紙寮「楮皮仿宋羅紋紙」製作始末

一九七八年八月，在海外生活了將近三十年後，張大千決定回台灣定居。

當時物力維艱，張大千苦於沒有好紙可用，江兆申老師時任故宮博物院副院長，和張大千自成莫逆之交，因而想辦法解決張大千用紙的困難。

一、靈漚館製紙

江老師親自開了做紙的材料、工序，到日本找人訂做。做紙的老先生是位人間國寶，除非訂製的人身份地位相當，等閒不肯輕易動手。人間國寶派人到台灣打聽，才知道江老師竟然是故宮副院長，而且本身就是書畫篆刻大師，自然沒有推辭的理由。

日本的人間國寶也很慎重，先小量製作，兩次專程到台灣請江老師試用，認可後才正式動工生產。

於是這才有了書畫收藏鑑賞界都知道的，張大千和江兆申晚年精品中特有的，印有「大風堂」或「靈漚館」浮水印的名貴紙張；江兆申

老師自己的紙背後，並用上品硃砂印著「靈漚館精製純三椏羅紋宣」、「靈漚館精製楮皮仿宋羅紋宣」。

從一九九一到一九九六，在我跟隨江老師的五年時間中，這樣的紙，即使是江老師自己，也很捨不得用，而但凡使用，則必然是江氏作品中的精品。

同樣的筆法，在特別好的紙張上，會散發出不同的驚人魅力。紙張的好壞對書畫作品的影響之大，由此可見。

江老師過世後，靈漚館弟子平均分得幾張江老師留下來的靈漚館精製羅紋宣，十幾年來，我數度想用這張紙畫畫，但總是拿出來欣賞半天，最後又原封不動的收藏起來，實在捨不得用。

雖然捨不得用，我卻把三款靈漚館精製羅紋宣各一種，送給了兩位做紙的朋友——王國財和黃煥彰。

江兆申畫在楮皮仿宋羅紋上的作品。

學書法而不了解傳統文化，就很難把書法寫好。

二、廣興紙寮初造楮皮羅紋

我的想法是，靈漚館精製羅紋宣用完就沒有了，而且也只有靈漚館弟子才有，如果王國財和黃煥彰可以做出同樣、甚至更好的紙來，對所有的書畫家來說，才是解決找不到、買不到好紙的方法。

國財兄當時在林試所上班，主要的工作就是研究手工紙。限於人力，只能少量製作，加上實驗所需，常常要變換製作條件，以便測試紙張在材料、製作工法、添加物等各方面所產生的影響，加上他只是研究，並不生產，所以只有少數朋友有幸得到幾張試用。

至於紙張的大量生產，我還是寄望廣興紙寮的黃煥彰。畢竟他有完善的工廠、眾多師傅和行銷管道。

二〇〇一年，煥彰兄送給我上千張他做的各式紙張，其中就有幾款羅紋，雖然不是夢寐以求的那種材質，但也相當不錯。我當時就建議他，實在應該想辦法再做出精製的楮皮仿宋羅紋。

我知道，要做出楮皮仿宋羅紋不是說做就做，江兆申老師當年用什麼配方也不清楚，所以只能等待，更或許，這個願望永遠無法實現。

不過，我還是就我所知的，盡量告訴煥彰兄，楮皮、仿宋羅紋，這兩個紙張的特色一定要把握。

二〇〇五年夏天，煥彰兄忽然寄給我二款楮皮仿宋羅紋，因為沒有心理準備，所以更喜出望外。

那二款楮皮仿宋羅紋的品相非常好，特別新做的紙簾，紋路很漂亮，紙張的厚薄非常均勻，和江老師訂做的紙有點類似。

試畫之後，我帶著作品專程到埔里和他討論這張紙的墨韻、顏色表現。通常，為了測試新紙的特色，我總是會「無所不用其極」的用盡各種方法、技巧去探索紙張的基性和極限。簡單的結論，是「潑墨工筆兩皆如意，受墨呈彩非涇縣新紙能望其項背」。

當時，畫了不少畫、寫了不少字來測試紙張，並且有詩為證：

● 廣興紙寮贈純楮皮羅紋

靈漚館製楮羅紋，品相典雅簾深痕；
幾渡東瀛無從問，十年尋覓如追夢。
忽然煥彰寄紙來，翩翩渾似夢裡裁；
恨無巨椽天樣筆，寫盡江山千萬彩。

［落款］廣興紙寮紙品多出傳統工料之上，尤能利用台灣植物另創新品，最爲名家激賞，余寫其紙則潑墨工筆兩皆如意，受墨呈彩非涇縣新紙能望其項背，乙酉仲夏忽獲快遞純楮羅紋兩款，絕美可追靈漚館舊製，因寫荷畫山並賦新詩以記其暢懷。

當然，這是讚美優點，可以改進的空間也很大。

我問他，這張紙是否參照江老師的楮皮仿宋羅紋？他這才告訴我他只是從書上得到一點印象，真正的紙張從未見過，所以不知道做得像不像。

於是，我又找了一個時間，專程把江老師的羅紋紙送去給他。

雖然事先說了，但他還是數度問我「真的要送我？」

說真的，問得我都差點要把紙收回來了。畢竟，那是我自己都捨不得用的紙啊，不過看他仔細端詳紙張的神情，我還是覺得，把靈漚館精製羅紋紙送給有心做好紙的人，確有意義。

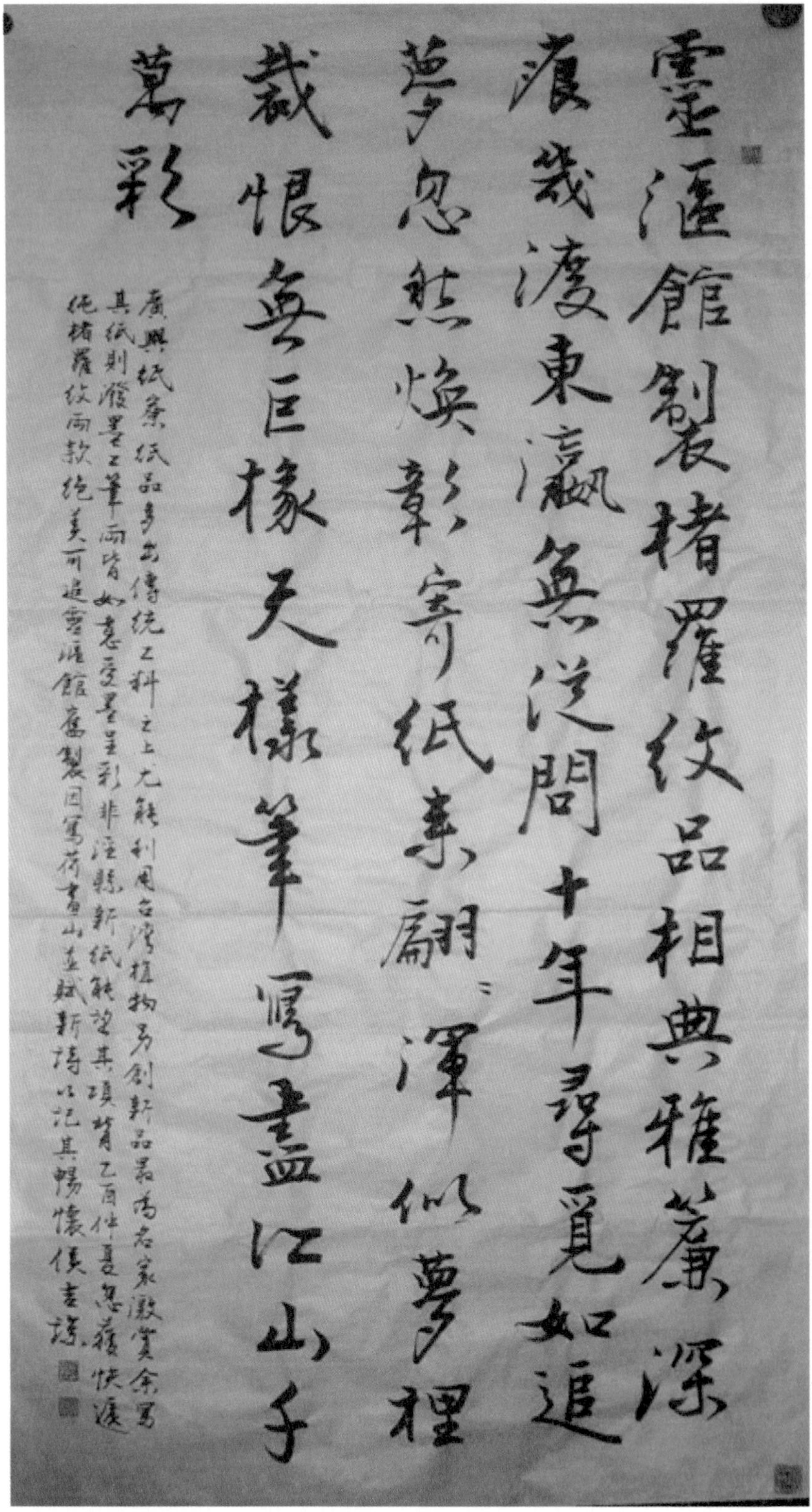

侯吉諒自書詩，詠廣興紙寮楮皮仿宋羅紋。

三、楮皮仿宋羅紋的誕生

煥彰兄對他的這張羅紋雖然很滿意，但看過江老師的紙以後，覺得還可以再改進，我也覺得在色澤、厚薄和生熟度上，甚至是否打磨等等，要再講究一些。

接下來幾年，煥彰兄不斷改進工法配方，也訂製了有廣興紙寮浮水印的抄紙簾子，並請中科院的朋友研究如何用玻璃纖維來做紙簾子，以改善竹簾難以克服的缺點，每批紙的製作年份也都做在簾子上，一直到二〇〇八年，他做的楮皮仿宋羅紋基本上已經定型。

每次收到煥彰兄的紙，他一定親自在包裝上註明紙的製作日期、重量、編號，以及參與配料、抄紙、烘紙的工作人員的姓名，這些都是以前不會有人注意的細節，也充分展現了做紙人的慎重。

二〇〇九年，我帶詩硯齋書法班學生到埔里，參觀廣興紙寮的做紙工序，那一次，在廣興紙寮看到更多種類的新紙張，非常驚訝，因為煥彰兄做的紙顯然已經更上層樓，我不禁讚美有加，煥彰兄則含蓄回答，「總是要有進步啦」，其實得意之情盡在臉上。

那次看到的紙，有華麗的金箋、銀箋，極薄的仿古雁皮，還有難得的植物染楮皮、礦物染楮皮，以及已經有了二〇〇八製作年份浮水印的楮皮仿宋羅紋。二話不說，剩下的楮皮仿宋羅紋，全部被我們買光。

從做紙的成就來說，黃煥彰是應該得意，以我用紙經驗，王國財和黃煥彰做的紙，絕對數一數二。

四、當代最好的手工紙，就在台灣

很多人常常問我大陸紙張如何、好不好用，等等。

我認為，當代最好的紙，就在台灣。

然而，多年來，台灣手工紙的市場被大陸的紙張擠得幾乎無法生存，學書畫的人，大都也不知道如何分辨好壞，只在乎價格高低，所以大都買大陸的「宣紙」。

一般人都以為，寫字畫畫最好的紙就是宣紙，事實不然。宣紙有其特有的優點，但宣紙只是手工紙的其中一種。

很多人也都以為，寫字畫畫一定要用宣紙，其實也不是這樣，用宣紙來寫楷書，更是要命的錯誤。

唐朝以前的紙張，用的大都是麻、楮等樹皮類的紙，比較不吸水，配合上利如刀刃的硬毫，因此才會產生唐朝楷書那樣的字體。

現代人用羊毫軟筆在宣紙上寫楷書，根本就是自討苦吃。

而台灣手工紙廠擅長做的紙，正是楮、麻、雁皮之類的紙張，其韌性、強度，遠不是宣紙可以比擬，綜觀歷代書法大師用的紙張，大部份都還是皮紙居多。

所以，我說當代最好的紙，就在台灣，絕非過譽。可惜台灣創作、學習書畫的人，大都不瞭解台灣手工造紙產業的成就，這也是台灣手工造紙沒落的主要原因。

不用台灣紙，真是書畫創作、學習的大損失。

——廣興紙寮楮皮仿宋羅紋的品相非常典雅。寫字畫畫都可以呈現極為迷人的效果。（侯吉諒繪畫）

輯二

書法與修行

『書法的修行』

一、書法連結中華文明

現代人學書法，主要目的是為了寫一手漂亮的字，因而在意的，也往往是書寫的技術。

為了把字寫得漂亮而學書法，方向沒錯，但如果因此只注意書寫技術，則必然無法進入書法真正的堂奧。

現代人不用毛筆，甚至寫字的機會越來越少，也有一些人是為了了解傳統文化而接近書法，說是為了弘揚傳統文化，然則傳統文化與書法究竟有什麼關係？為什麼接近書法就可以了解文化？

按現在一般人寫書法的目的，把字寫好，其實只能是一種書寫的技術訓練，而與文化沒有太大的關係。

但學書法而不了解傳統文化，就很難把書法寫好，事實上，幾乎所有的技藝也都是如此，所謂「技進於道」，不了解這門技藝的內在精神所在，技術只能到達一定程度，而無法再進步。更何況，書法連結著整個中華文明最精緻優雅的部份，略去這些而只是注意寫字的方法，也未免太可惜了。

學書法要了解傳統文化，才能把書法寫好。（許映鈞攝影）

二、漢字發明的大智慧

漢字的發明，是從象形、指事開始，象形、指事並非只是單純模仿大自然的形象，還包含了文字發明之時，看待大自然的方式，所以每一個字字形本身，就包含有非常深刻的文化意涵，倉頡造字的故事，現代學校的教育應該都會提到《淮南子．本經訓》中的記載：「昔者倉頡作書，而天雨粟，鬼夜哭。」以前，我們總是把這樣的記載當作一種神話，總是認為，也不過就是發明文字而已，哪裡會發生「天雨粟，鬼夜哭」這樣的異象呢？人類從結繩記事開始，終究有一天會用圖畫、象形的方式來表達所見所聞，最後終於發明文字。但事實上，這種從具象圖畫到抽象指事的過程，並不簡單，沒有極大的智慧，不可能做到。

《春秋緯‧元命苞》中，更進一步記載倉頡「龍顏侈侈，四目靈光，實有睿德，生而能書。於是窮天地之變，仰觀奎星圜曲之勢，俯察龜文鳥羽山川，指掌而創文字，天為雨粟，鬼為夜哭，龍乃潛藏。」《春秋緯‧元命苞》的記載，有更多神異的事情，更讓人覺得只是一種神話，甚至是迷信。

談到人類文明的創建，上古神話總是有許多不可思議的傳說，無論中外皆是如此，傳統的歷史學者都把這些上古文明的傳說當神話來解讀，然而越來越多的證據顯示，人類文明的「創建」，其實是來自更高科技的外星文明或上一世代的人類文明遺留，埃及、馬雅、吳哥窟等諸多不可思議的建築，都應對著獵戶星座、天狼星等等天文分布，其中並充滿各種極為精確天文知識，這些分布在世界各地、彼此不可能互相交流的文明，卻以相同的建築結構「記錄」完全一樣、而當時人們不可能觀察得到的天文知識，說明人類文明的發展，的確存在外來文明的參與。

倉頡「龍顏侈侈，四目靈光，實有睿德，生而能書」，因而不能以簡單的神話視之，如此也才能解釋許多漢字的構成，為什麼包含了天文、醫學、地理的各種對應，因為倉頡很可能就是《黃帝內經》中所謂的「上古真人」，是具有半人半神能力的人，因此他所創造的漢字如同《黃帝內經》一樣，承載了現代科學至今無法解釋、但卻事實存在的知識。

因而學習書法，很重要的面向，是深入了解漢字結構中的各種奧妙之處，而不只是學寫字的技術而已。

——學習書法要深入了解漢字結構中的各種奧妙之處，而不只是學寫字的技術而已。（陳勇佑攝影）

三、書法有道

事實上，在歷史長久的發展中，整個中華文化的所有一切，待人接物的道理、尊師重道的誠敬、詩詞繪畫的美，茶、酒、飲食的享受，服飾、音樂、舞蹈、園林建築的精緻，醫學、武術的玄奧……都透過書法來記載、傳承，現代人學書法如果只學寫字技術，如練太極只打架式，樣子唬人卻不堪一擊。

每一個民族都有每一個民族的特性，從食衣住行到觀念思想都有其特別的地方，長期生活在其中，形成特殊的觀念和想法。

傳統文化透過文字的記載而得以流傳，因而文字承載了文化的「內容」，透過書法的書寫，文字的內容、文化的內涵於是浸潤到書法的筆畫之中，書法寫字技術中的諸多要義因而與文化產生微妙而深刻的關連，不明白民族文化特性之所在，就不可能對書法的奧義有所體會。

書法的美感，來自漢字結構的幾何、數學原理，更來自運筆之際力道變化的神妙精微，而力道變化的神妙精微無一不與文化特性息息相關。

中華文化在漢朝之後以儒家思想為顯學，但中華文化的根底，實際上卻植基在道家思想，陰陽五行之相生相剋，涵蓋從物質認識到哲學思考的千變萬化，終而表現在詩詞、書畫、茶酒、飲食、服飾、音樂、

詩詞、繪畫、茶、酒、飲食、服飾、音樂、舞蹈、園林、建築、醫學、武術……都透過書法來記載、傳承。(陳勇佑攝影)

舞蹈、園林、建築，乃至武術、醫學的精微之處，因此書法之道，與種種生活面向、文化思想無不相關。書法在古代作為生活中日常使用的書寫技術，必然處處體現民族文化的種種特性，而民族文化的種種特性也因此藉由書法的書寫而得以傳承。

四、書法與時代

這種民族文化的傳承，需要整體社會條件的配合。在民國八十年代以前，台灣所有的廣告招牌都是各式各樣的書法字體，從事廣告招牌製作的人，大都具有非常高明的書法複製能力，他們甚至可以用油漆刷子輕易寫出書法風格的字體，有些注重招牌的商家，會請名家寫字，當時台北市和平東路、羅斯福路口附近，幾乎全部都是溥心畬、張大千、臺靜農、王壯為這些名家寫的招牌，置身在這樣的環境之中，放眼望去，看到的影像到處充滿書法，書法的魅力自然而然的在生活中落地生根。

民國八十年代以後，現代印刷技術開始應用於各行各業，電腦打字的放大縮小都非常方便，廣告招牌的製作開始出現各種印刷字體，書法招牌在不知不覺中退出大眾的視野，後來，中文電腦開始流行，電腦字體甚至一度成為重要的高科技產業，影響所及，電腦字體很快成為所有報紙、雜誌、書籍的最佳選擇，於是現代人的漢字視覺，終於被電腦時代所統一。

電腦字體在廣告、招牌、書籍、報紙上的大量應用，因為方便、便宜，是時代的必然，短短幾年內，傳統印刷業中非常重要的鉛字排版、照相打字很快就消失了。因為電腦字體太容易使用，放大縮小都很方便，很容易應用，要做任何招牌，都不必再像以前那樣，要找名家寫字，不但要付一筆可觀的「筆潤」，寫了以後也不見得一定滿意，有了電腦，可以選擇的字體很多，再加上製作工藝的進步，更可以做出許多炫麗效果，傳統人工書寫的招牌，顯然單調太多了。

這種情形，在春聯的應用上，更為明顯。在現代社會，春聯有可能是大部份家庭會與書法發生關係的唯一連繫，沒有電腦以前，印刷的春聯至少還是人工寫了以後製版的，現在的很多春聯則已經完全是電腦字體，只是增加了很多效果，五彩雷射、立體3D，花樣繁複，比起傳統的手工春聯，熱鬧多了。

對大部份的人來說，各式各樣的印刷產品，決定了人們與文字的關係，在印刷電腦科技的發展下，無論台灣、中國大陸還是香港，人工書寫的字體幾乎都全面潰敗。

然而反觀日本韓國，各式各樣的書法字體，仍然存在他們的生活之中，漢字書法在日本之廣，可不必細說，韓國則可以一探究竟。

韓國對書法的應用，在古裝戲劇中尤其突出，不但大量用書法為宮廷環境的背景，而且書法的品質都相當講究，常常見到許多書法名作的複製，可見他們是有經過相當選擇的。

推廣書法，在現代社會中是不容易的，但其實也很容易。說不容易，

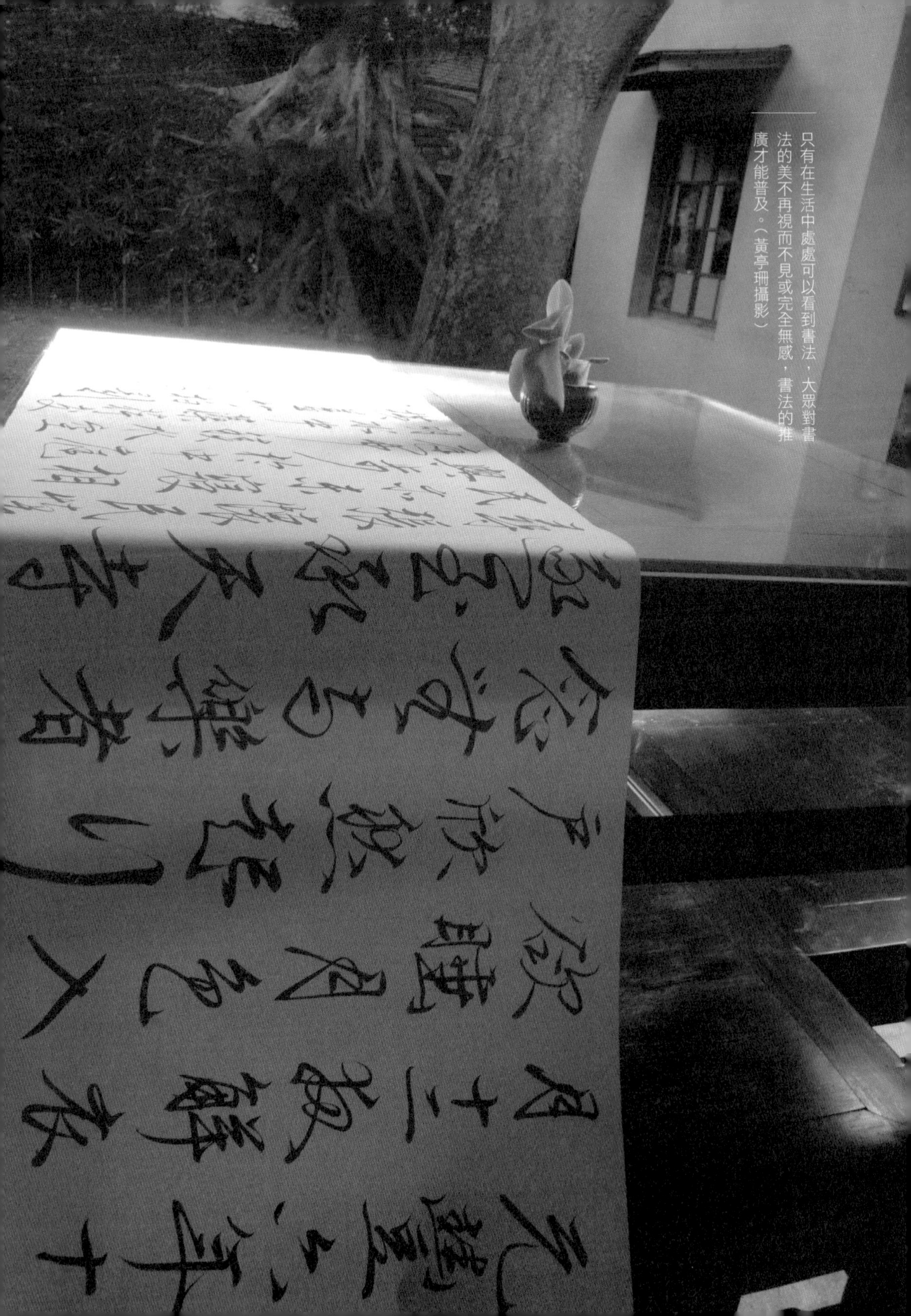

只有在生活中處處可以看到書法，大眾對書法的美不再視而不見或完全無感，書法的推廣才能普及。（黃亭珊攝影）

是因為學會寫書法很困難，年輕人通常也沒有耐心長期學習，生活中有太多更好玩的娛樂吸引他們，任何一項技藝都需要年輕人的參與，才會有所繼承發展，而在生活中「熟悉」、「習慣」書法的存在，才是推廣書法最大的基礎。因此推廣書法也很容易——只要在電影、電視、報紙、書籍，各種大眾傳播媒體多多使用書法，像日本、韓國那樣，書法在華人世界就會很快流行起來。

只有在生活中處處可以看到書法，大眾對書法的美不再視而不見或完全無感，書法的推廣才能普及。

在現在社會、教育、媒體的多重影響下，大部份的華人對書法可以說是完全陌生，也可能從來不覺得，不懂書法、不會欣賞書法，不是什麼嚴重的事。

但現代社會國際化的程度太深，科技文明的力量太過強大，以致傳統文化快速流失，也導致整體社會價值觀念的嚴重混亂，導致人心因之紛擾不安。

書法可以定靜人心，可以讓人在書寫、欣賞的過程中，感受明顯的穩定心情、寄託情懷的功能，光是這樣的功能就值得我們去親近、了解，何況書法還蘊含整個中華民族的文化精髓，如果可以從書法開始，深入了解詩詞、繪畫、茶、酒、飲食、服飾、音樂、舞蹈、園林、建築、醫學、武術等博大精深的生活文化，現代人的生活內容，從物質到精神，必然都豐富許多。

禪與書法

一、書法的無限抒情

古人談論書法可以達到的境界，以韓愈〈送高閑上人序〉最為透徹淋漓：「張旭善草書，不治他技。喜怒、窘窮、憂悲、愉佚、怨恨、思慕、酣醉、無聊、不平，有動於心，必於草書焉發之。觀於物，見山水崖谷、鳥獸蟲魚、草木之花實、日月列星、風雨水火、雷霆霹靂、歌舞戰鬥，天地事物之變，可喜可愕，一寓於書。故旭之書，變動猶鬼神，不可端倪。」

韓愈談的，是張旭個人草書可以達到的高明境界，但這段著名的文字後來被廣泛引用，變成書法功能的神奇描述——書法不但可以追摹萬物複雜豐富的形狀，更可以傳達內心幽微幻變的情感，為書法的創作與欣賞之間，開展了無限寬廣的可能。

韓愈並不是第一個這樣高度推崇書法功能的人，在他之後，也有無數的書論在書法的境界與生命的情調互相驗證、啟發上大作文章，不斷深化書法的藝術性與內涵性。書法可以傳達的境界，也因而成為判斷書寫者成就的最高標準。

但必須強調的是，沒有超凡入聖的筆墨功力，固然不可能寫出張旭那樣精妙的書法，而沒有淵博高明的學問，也不可能體會出韓愈深刻的感受。

書法不但可以追摹萬物複雜豐富的形狀，更可以傳達內心幽微幻變的情感。（陳勇佑攝影）

古人日常用毛筆寫字，文人們每天與書法為伍，比較容易有深入了解書法之美的心理，現代人對毛筆非常陌生，偶爾接觸毛筆和書法，其實沒有多少能力和機會能理解書法之美。

更何況古人判斷書法的標準，基本上使用的都是抽象與感性的描述，加上文字本身的多義抽象，也常常讓這種書法境界的描述淪為華麗而虛玄的辭藻，不但不能增加人們對書法的正確理解，更加深了一般人對書法的隔閡與誤解。

二、禪與書法、同中有異

最常見的，是禪與書法的混雜一談。

書法的書寫狀態和作品表達的意境，有許多的確是不容易表達或說不清楚的，例如寫書法時專注的心境、體會，以及在那種情態中所表現出來的藝術性與境界，都很難用一般的詞彙傳達，而禪，剛剛好拿來借用。

禪是佛教傳入中國後最本土化的變異，尤其六祖惠能主張人人皆有佛性，強調不必苦修、只要頓悟，都可以「見性成佛」，禪之一字，因而成為含義極為複雜、神秘與具有超強能量的字眼。

更何況，宋朝以後的文人大都有各種程度的參禪經驗，黃山谷、董其昌都曾經以禪論書法，並且用禪的術語、境界來解釋書法最核心、最高明的境界，禪在書法史的發展過程中，的確佔有非常重要地位。禪與書法，抽象的思維與抽象的藝術（或美感），的確相得益彰。

書法是所有藝術類型中，最「直見性命」的藝術，在書寫的當下，完全呈現書寫者的心性與情志，不可重來也不可複製，書法的創作因而與生命的體悟息息相關，無論在本質、修為或表現，書法與禪，的確有許多共通的精神。

但過度強調書法與禪的關係，有時不免失去焦點，甚至過度渲染。

古人向來把書法看作修心養性的有效途徑，寫字時所需要的專注，以及因為專注所產生的「定靜生慧」的實效，也因此成為現代人學習書法的重要原因。

書法既然與修行相關，也因此又成為佛教樂於提倡的修行法門，其中又以抄經為佛門信眾修習書法的終極目標。

然而現代人多半沒有使用毛筆的能力，因此許多佛教道場開設的抄經堂或類似課程，便改用硬筆寫經，尤有甚者，為了抄件的整齊美觀，乾脆用印了淡字經文的紙張，讓信眾照描。

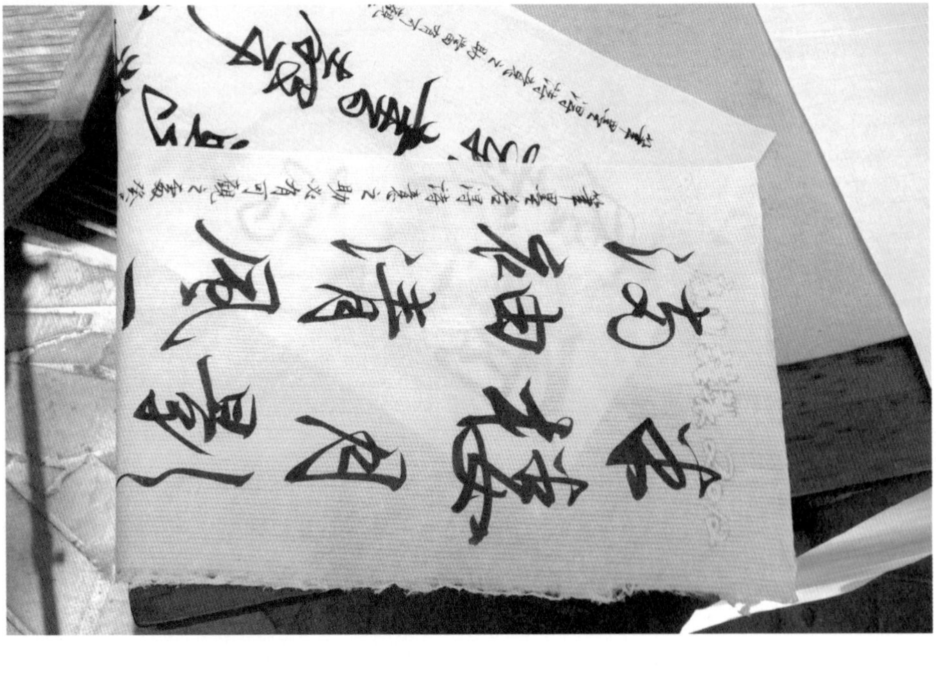

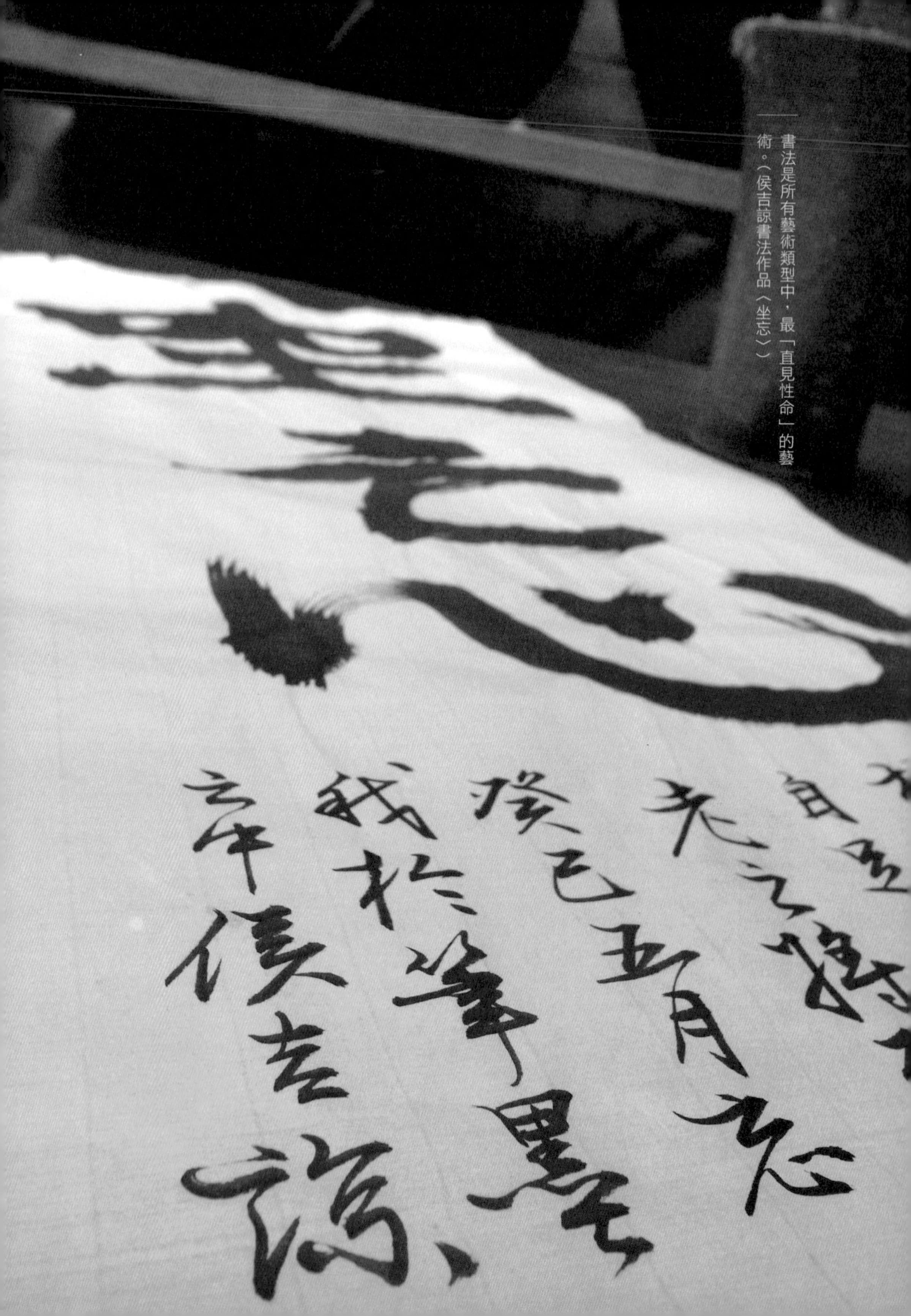

書法是所有藝術類型中，最「直見性命」的藝術。（侯吉諒書法作品〈坐忘〉）

三、專心寫字、定靜生慧

現代人抄經的目的，應該是增加對經文的記憶與理解，但使用硬筆、用印有淡字經文的紙張，卻很容易讓抄經淪為無意識的描字，如同有口無心的唸經，實在一點意義都沒有。

毛筆是很難控制的書寫工具，要用毛筆寫出筆畫乾淨、結構美觀、排列整齊的字體，非常困難，沒有一千小時以上的練習，基本無法掌握毛筆。

即使不管筆法是否正確，光是用毛筆寫出乾淨的筆畫，就非常困難，沒有非常專心書寫，不可能用毛筆寫字。

因為用毛筆需要專心，加上書寫速度的相對緩慢，因此書寫就成為一種深度的閱讀，長時間面對一段文句所產生的理解力，絕非光用眼睛看過可以相提並論。

現代教育多強調理解與啟發，但也因而偏廢記憶的必要。記憶是深度理解的基礎，對文字不能記憶在心，就不能隨時反芻文字的義涵，對精義玄奧的經典而言，記憶背誦、手抄默寫是不可忽略的必要途徑。

用毛筆抄經需要專注，因為專注讓身心安頓下來，身心安頓會產生類似打坐、禪修那種物我兩忘的境界，因而會引發一種常人無法理解的定靜生慧的能量，書法與修禪，當功夫到了相當深度，確實有類似的效果。也難怪許多人喜歡把禪和書法相提並論。

一專心寫字、定靜生慧。（陳勇佑攝影）

用禪來形容不容易說明、解釋的書法，確實滿方便的。然而缺點也是顯而易見——凡是說不清楚的，或者想要唬人的，只要和禪掛上勾，就玄之又玄起來。

一件技巧拙劣的書法，也可以被說得很有禪意。因為禪宗主張不必苦修，不要太多的清規戒律，不要任何繁複的表相，是一種從本質到外貌都極簡主義的宗教主張，而人們卻又可以從禪的領悟中「一超直入如來地」，這樣方便、超能的法門拿來說書法，實在是方便不過。

於是我們看到許多人動不動用禪說書法，有的人講到寫字之前，要打坐、平心、靜氣，以及放空世俗的牽掛與雜念，讓人覺得在寫字之時彷彿滿身佛光，已經達到一種超凡入聖的境界，而後才心無罣礙的下筆寫字。

我也的確看過書法家在現場揮毫的時候，總是先一身唐裝的盤腿閉目打坐，彷佛入定般不理會現場吵雜的喧囂，等到現場的觀眾終於在長久的等待之後安靜下來，書法家才慢慢從入定的狀態中張開眼睛，很有型的走到寫字桌前，在觀眾的引領期待中，大師般提筆、沾墨、寫字。

這種表演多於書寫示範的場合屢見不鮮，講書法禪講得飛天入地的大有人在，凡此種種，不免褻瀆了禪與書法。

每次看到這樣的禪與書法，都讓人不覺搖頭嘆息，然而可笑也可悲的是，這樣故弄玄虛的禪與書法卻也總是吸引著大批信徒般的觀眾。

如果書寫書法的狀態進入高度專注，或許在某些方面的體悟和禪定是類似的，然而禪是一種主張完全放空人我眾生壽者諸相而後才能達到的境界，書法卻是完全專注在自己的意念當中，並且要把意念貫注在書寫的文字與行列之中，禪空而書有，兩者的專注本質上是完全背道而馳的。禪與書法，追究其實，根本是兩碼子事。

當然，作為一種高度抽象、拋棄既有成規的思維模式，禪的創新精神，的確可以幫助書法家得到某種程度的精神解放，從而創造出某種境界的書法型式，例如弘一大師的書法。

然而在整個中國書法史上，有這種禪的境界與書法功力的，也不過就是弘一大師一人而已。但即使如此，弘一大師的書法，固然創造了他個人的特殊風格，但未必就有多麼高明的藝術價值。弘一大師的書法，畢竟是因人而重，而不在其書法造詣的高低。

所以，以我一己管見，書法就是書法，禪就是禪，兩者還是別混在一起相提並論，免得自欺欺人。

有一次上課，我示範、修正了一位學生的字以後跟她說：「喜歡一個人，就不要猶豫，要勇敢示愛。」

可能因為還有別的同學在，學生聽到了以後，沒有回話。

過了一個星期，她終於私下問我，老師怎麼知道我最近在談戀愛？

我說我不知道發生了什麼，但我看得出來，妳的字裡有一股喜悅。

類似的事情，幾乎每次上課都會發生：學生最近的工作、事業、家庭有沒有煩惱，或者是有什麼好與不好的事已經發生、即將發生，我大都可以從學生寫的字和寫字的狀況看得出來，至於學生常常覺得很厲害的可以看出回家有沒有練字之類，那就更等而下之，根本一眼就可以判斷出來。

一、書品與人品

常常有人問，從書法是不是可以看出一個人的性情？如果是，那麼從一個人的字當中，可以看出什麼東西來？

在《犯罪現場》之類的影集中，偶爾也會牽涉筆跡的鑑定，除了可以鑑定書寫習慣，還可以鑑定出一個人的性格特質，但由於都是比較片斷的推論，不明白其中的原理是什麼，所以難免半信半疑。

但以書法來說，一個人寫的字可以反映出他的性情以及當下寫字的狀況，則是真實不虛。

古人講書法，最強調的不是技法，而是人品，所謂「書品即人品」，講的，就是一個人的人品高低，決定了他的書法作品好壞。

這種說法有一定的道理，但也容易泛道德化。例如趙孟頫、王鐸兩位書法大師，都因為在改朝換代的時候在新政權中當官，而受到極大的批評、攻擊。

但書法的確可以反映一個人的性格，《書譜》上說：「質直者則徑侹不遒；剛佷者又倔強無潤；矜斂者弊於拘束；脫易者失於規矩；溫柔者傷於軟緩，躁勇者過於剽迫；狐疑者溺於滯澀；遲重者終於蹇鈍；輕瑣者染於俗吏。」把個性與寫字表現有了概括性的描繪，雖然不是很精密，但卻相當準確。

以此推理，就可以了解書法如何表現出一個人的人品，顏真卿盡忠殉國，是歷代書法家的「氣節」代表，所以他的字也表現出和他的人格一樣雄渾磅礴的氣勢，文天祥的字，同樣有一種義無反顧的英氣，宋徽宗柔美的瘦金體古今獨步，表現了他的藝術天才，而作為「天下一人」的帝王性格，則在草書千字文中流露無遺。

為什麼說書品即人品呢？

書法是人類所有活動中，最需要專注的，因為毛筆很軟，必須高度的技術才能控制，否則即使看似平凡的一個橫畫也寫不好。

因為需要高度的技術與專注，所以寫字時的任何一個動作，都會流露寫字者當下的狀況。

韓愈在〈送高閑上人序〉中說草書可以做到「喜怒窘窮，憂悲、愉佚、怨恨、思慕、酣醉、無聊、不平，有動於心，必於草書焉發之。」其實不只草書，其他的字體也會「有動於心，必於筆端發焉」。原因其實很簡單，因為專心致意，寫字的動作必然牽連著心緒的起伏。

但書法與人品的連結有時也並不那麼準確，或者說，要靠閱讀者的仔細分辨，例如「北宋四家」：蘇東坡、黃山谷、米芾、蔡襄，其中蔡襄的位子原來是蔡京的。

蔡京是宋徽宗時的宰相，書法寫得很好，宋徽宗還在當太子的時候就曾經以二萬緡高價買下蔡京的一件書法，宋徽宗當皇帝以後畫的〈聽琴圖〉，題款的人就是蔡京。宋徽宗是書畫高手，又是皇帝，要在他的畫上題款，蔡京沒兩下子是不可能的。

然而蔡京當了宰相之後幹了很多壞事，政事敗壞到後來國家都被金人給滅了，一路提拔他的宋徽宗還被俘虜，最後死在金國。蔡京如此禍國殃民，後人在定位書法成就的時候，他當然就被剔除了。

寫字可以真實反應一個人的內在。
（侯吉諒書法作品節寫〈將進酒〉）

其實歷史上許多著名奸臣的字都相當有水準，南宋秦檜、賈似道、明朝嚴嵩，書法都很有名，而且也的確寫得不錯。原因說來也簡單，當大官的，不管好人壞人，都要有相當的聰明才智，寫字技術只是這些人的眾多才能之一，所以千萬不要以為壞人都不學無術，事實上，沒有大本事，還當不了大壞蛋。

二、手寫的奧祕

以前電腦應用不普遍，一般上課都是手寫做筆記，上課記筆記除了記重點，寫字的過程也是幫助記憶的重要方法。現在錄音、錄影的小機器很方便，很多人都用錄音、錄影代替做筆記，看似方便、周全，其實漏失許多重要的東西。

手寫筆記最重要的功能之一，就是在記筆記的同時，也會消化、整理資訊，那是一種心緒的高度活動，涵蓋了人們對資訊的記憶、理解、重組和整合，換句話說，做筆記這件事的表面只是記重點，但事實上卻是整個心靈、思緒、感情的密集活動。

手寫的過程和按鍵輸入也有很大的不同。按鍵輸入雖然方便、快速，但缺少手寫時文字與心境連接的功能，簡單來說，按鍵輸入比較偏向純粹的記錄功能，其他與心緒流轉相關的能力比較稀薄。至少，在我個人的書寫經驗中，這是很明顯的差別，所以，長久以來，我仍然保持手寫詩稿的習慣，因為寫詩的心緒比較多感性的跳躍與融合，寫字

手寫的同時，也會消化、整理資訊。（陳勇佑攝影）

時中文文字的造型本身就和思想直接連結，所以寫字的同時，也是幫助心緒的流動和整理，按鍵輸入似乎比較沒有這種能力。

更嚴重的，當然是中文輸入法設計的偏差。

三、中文輸入法的危害

因為要用電腦鍵盤輸入，所以各種相對應的輸入法被發明出來，但大部份的輸入法都不合理，因為中文的使用，是字形、字義相關的，而不是字音、字義相關，更不是鍵盤字根拆解相關。

鍵盤字根拆解、組合的輸入法，首先改變了人們對字體字形、字義的相關連結，要打出一個字，思路的運作已經有了組合字根、對應鍵盤位置的第一層妨礙，無論如何熟練，總是會改變原本是「思考／寫字」同時進行的狀態，鍵盤輸入不等於寫字，更不等於思考，從思考到打字，其中已經產生了太多阻礙。

注音輸入則更等而下之，因為注音輸入，硬生生把中文字的使用，從字形思考改變成拼音輸入，這種拼音方式完全泯滅了漢字的文字特色，字形退居次要，字義和字形產生嚴重隔閡，如果再加上拼音不準確所造成的錯誤、修正，使得原來「思考／寫字」一體的順暢思路不斷被中斷，明顯降低了使用中文時深入思考的能力。

拼音輸入最可怕的影響，就是同音異字太多，在選字過程當中，產生了文字的歧義聯想，造成思路的渙散、不集中，甚至被同音異字偏向、誤導。

前幾年，教育部決定減少中文上課時數和古文授課篇數，許多關心台灣學生中文程度日益低落的專家學者強烈反對，主張教育部不能減少國文時數和古文篇數，但是，這些專家學者其實並沒有切中時下學生中文程度低下的真正原因。

一星期多上兩小時國文、一學期多上兩篇古人，老實說，對學生的中文程度恐怕沒有太大的幫助。因為現在學生中文程度不斷沉淪的原因，是因為國文教學的不注重應用，以及學生族群大量使用注音輸入法。

國文教學問題非常複雜，無法簡單討論，但注音輸入法的影響顯而易見。注音輸入法不必學習，只要記得鍵盤和注音符號的相關位置，就可以立刻使用，長期下來，也可以像打英文那樣快速。然而，使用注音輸入法容易產生同音異字，學生們大都懶得選字，只要發音一樣，讀的人也都可以了解，但使用者錯誤的文字使用多了，正確的文字能力必然下降。再加上簡訊、即時通訊這類快速往返傳送的文字工具，大幅度增加了使用者語言、詞句的不完整應用，加上要快速回覆不斷傳送過來的簡訊，思路更容易變得混亂、糾結，長期使用這些錯字、不完整短句的結果，當然就是中文程度的嚴重低落。

在一九九〇年代，個人電腦逐漸成為每一家庭的必備用品，我就開始呼籲，教育部要出面組織一個由語言學者和電腦專家的團隊，重新發明或改善適合中文使用的電腦輸入法，否則台灣學生的中文程度永遠沒有辦法獲得改善。

可惜，有權力決策的教育部官員、學識淵博的語言學者大多年紀比較大，他們可能是從來不會電腦輸入的一群人，所以我的主張，至今沒有被人重視過。然而十幾年過去了，台灣學生中文程度的日益低落是再明顯不過的事實，而大部份人使用的電腦輸入方式，依然是那些違背中文使用習慣的輸入法。而目前看起來，改善的可能也幾乎完全沒有。

所以，在許多場合，我總是提醒大家要用手寫記憶，不要太依賴電腦科技。

四、書寫是深度的閱讀

手寫對中文使用來說，不只是記錄方便，而且同時進行資料的消化、重組與融合，寫字的時候，腦中同時進行的，是理性感性雙重整合，這種功能，遠遠不是使用拼音文字的人可以想像的。

手寫文字的功能已然如此，書法的書寫更是深邃。書法的書寫需要高度的技術與專注力，大部份人用毛筆寫字的時候也比用硬筆書寫緩慢得多，練字的時候要對一個字、一個句子、一首詩長期而重複的練習，在一筆一畫的書寫中，也就是文字的深度閱讀和理解。

我有一段時間以抄寫佛經作為書課的目標，而佛經中有許多文字的意義非常深奧，即使查閱相關註釋也很難理解，例如《金剛經》常常出現的句子，「若有想，若無想，若非有想非無想」、「是諸眾生若心取相，則為著我、人、眾生、壽者，若取法相，即著我、人、眾生、壽者。何以故？若取非法相，即著我、人、眾生、壽者。是故不應取法，不應取非法。」繞口令式的文句充滿了文義的立與破，即使反復閱讀，也非常不容易理解。

然而奇怪的是，在抄寫的過程中，很多不明白的句子，慢慢就理解了。這樣的情形，在我臨摹《書譜》、《十七帖》這類的書法經典的時候，也時有發生。

這種緩慢而重複的閱讀經驗，對逐漸把瀏覽當作閱讀的現代人來說，正是矯正對文字過於草率的良方。

許多資訊例如新聞，是可以「知道」就夠了，不必深入思考，然而諸多含意深廣的文字，例如經典與詩詞，只有在緩慢而重複的閱讀中，才可能產生理解與體會。這種深度的理解能力，反應在工作、生活、才能各方面，就是更為寬廣的智慧與能力。

因此，緩慢、重複臨摹字帖，正是一種深刻的閱讀。當我們臨摹蘇東坡自己寫的〈赤壁賦〉，可以獲得的理解深度，絕非閱讀印刷字體可以相提並論。

書寫是深度的閱讀（陳勇佑攝影）

五、安靜寫字，調和身心

練氣功的人，在一定程度的練習之後，大概都會感受到氣在體內流轉的玄妙，一般來說，這稱之為「氣功態」，同樣的，寫書法的人，進入書寫的狀態時，也會出現一種我所謂的「書法態」。

一般總以為，寫書法可以修心養性，我卻覺得，要先修心養性，才能把書法寫好。如果不能心跳正常、呼吸平緩，手指穩定，根本不可能寫好書法，不能寫好書法又要硬寫，難免寫得心浮氣燥，越寫越糟，越寫越糟就越心浮氣燥，根本不可能修心養性。

古人常常說，寫字之前，要先摒除雜念、調和氣息、思考文字的意境、想像提筆寫字時的狀態，當身心都進入和諧的狀態時，才開始沾墨寫字。

這樣的一個過程，是寫字的準備過程，也正是修心養性的過程。而一旦進入「書法態」，這個時候寫字所反應的，就幾乎是整個人的內心狀態。一個人的個性、性格、情志、修養，一時的情緒、心境，甚至內心的愉悅與焦慮、悲傷與快樂，都會在筆下流露出來。

這種內心世界的流露，正是一個人潛在情緒、思想的流動，也可以說是一個人內心的獨白。

現代人生活忙碌，很少人有難得安靜獨處時候，因而難免思緒雜亂、情緒容易受到波動，安靜寫字正是調和身心、歸納情感、條理理智、簡約心緒的不二法門，從這個角度來看，在一筆一畫之中流露內心的幽微變化，也就沒有那麼神秘了。

—安靜寫字，調和身心。（陳勇佑攝影）

懸腕寫字

一、臺靜農傳奇

一九八八年左右，我認識了當時高齡八十六的臺靜農先生，臺先生曾經長期擔任台大中文系主任，台灣許多著名的學者作家，都出自臺先生門下，如果說他是當時台灣輩份最高的文化人，大概不會有人有意見。

由於輩份高，所以大家都尊稱他為臺老。

臺老那一輩的文人，不只學問紮實，寫詩、書法、繪畫、刻印好像都是同時具備的能力，他們交友廣闊，詩人、學者和書畫家經常一起聚會，品茗飲酒、看字讀畫，聊聊掌故、談談是非，有機會參與這樣的聚會，可以學到許多東西。

臺老也是當時知名度最高的書法家，他那一手倪元璐風格的書法，不但面貌獨特，也廣受推崇。

臺老寫字不擇紙、墨，但對用筆非常講究，臺老書法筆力強勁、結構側，筆畫轉折多變，對毛筆的掌握需要很高的駕馭能力，一般來說，這樣的筆路，狼毫筆是比較容易掌握的，然而臺老偏偏用的是特長鋒羊毫。

林文月是臺老最鍾愛的弟子，寫過好多有關臺老的文章，臺老生前最得意的書法，大都送給了林教授。林教授每次到日本，總會去「溫恭堂」幫臺老買毛筆，因為臺老偏好用溫恭堂的「一掃千軍」寫大字、「長鋒快劍」寫小字，溫恭堂的老闆聽說用筆者是台灣名家，「每回都親自代為物色精上之品，且用特製小梳，細心一一為之梳開羊毫毛筆，至自己滿意為止」，用筆用到只用一種筆，這種講究，可不是一般的講究了。

大概也是因為這樣，所以台灣許多書法家喜歡用長鋒羊毫寫字。用長鋒羊毫寫字不容易，因此能用長鋒羊毫寫字，通常也意謂著書法功力高人一等。

然而太過強調的結果，也容易變得唬人。

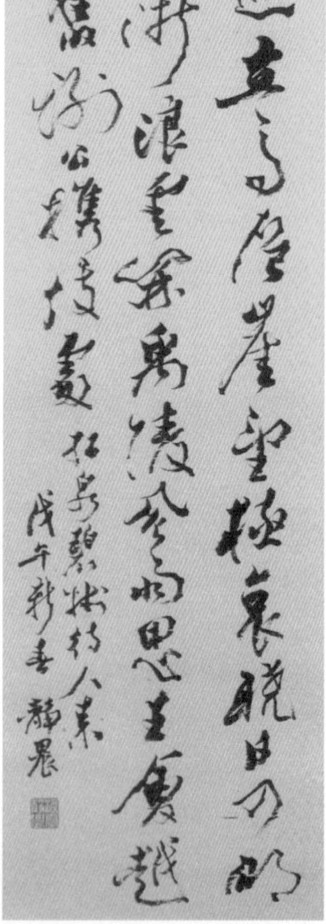

—臺靜農先生書法。

用長鋒羊毫寫字雖然不容易，然而最重要的是用適當的筆寫適當的字。

以前江兆申老師就不只說過一次，臺老用的毛筆他用不來；臺靜農和江兆申是當代書壇的泰山北斗，尤其江老師兼擅各種字體，幾乎無一不能，獨獨對臺老的工具敬而遠之，可見那完全是習慣問題。

江老師寫字的筆其實也有長鋒羊毫，他常常用「玉川堂」的長鋒羊毫寫石鼓文，轉折靈活、筆畫渾厚，一點也沒有「用不來」的問題。

二、寫毛筆字到底要不要懸腕

毛筆用羊毫非常早，但明朝末年以前，古人寫字一般以狼毫居多，用羊毫寫字比較著名的，是北宋黃山谷。黃山谷寫字的方法是雙鉤執筆、懸腕，這和他的字體比較大、筆畫比較長有很大的關係。

寫毛筆字到底要不要懸腕一直是許多人的困擾，有的書法老師認為，懸腕寫字才是書法的正宗方法，因此堅持學生從一開始就要懸腕寫字。

一九五〇年代出生，經歷過學校要求寫書法的一代，大概都有懸腕的痛苦經驗，毛筆是軟的，用軟毛寫字光是保持穩定就已經很不容易，懸腕寫字更是難上加難，沒有經過一定的訓練，根本不太可能。

我念書的時候寫毛筆，也飽受懸腕所苦，心中想的，都是古人幹嘛發明這種奇怪的寫字方法？光是執筆的方式就很困難，不但毛筆拿不穩，五根手指更不知如何擺放，再加上懸腕，那簡直是叫普通人去高空踩鋼索那麼困難。

大學時候真正拜師學書法，於是想要把執筆與懸腕的問題搞清楚。當時聽說清朝包世臣的《藝舟雙楫》很有名，是非常重要的書法論文集，於是去找了一本，打算用恭敬的心去仔細研讀。

包世臣對書法很用心，也很能虛心求教，《藝舟雙楫》中記載了他到處向人請教筆法的記錄，問題是，幾乎所有人說的方法都不一樣，方法雖然不一樣，但他們的態度倒是滿雷同的——我就是這樣寫字的，聽我的沒錯。

後來《藝舟雙楫》也總結了包世臣自己的用筆之法，而且敘述得非常詳細，從如何拿筆、每一根手指如何用力，都講得非常詳細。

《藝舟雙楫》名氣太大，連有康聖人之稱的康有為，後來寫的書論，都叫《廣藝舟雙輯》，可見影響之大。

但名氣再大碰到我也沒用，我記得當時看到包世臣在書中詳細敘述如何用每一根手指的方法（原文很深奧，就不引用了）時，我看得簡直火冒三丈，把書一丟，呼呼大睡了。

寫毛筆字到底要不要懸腕一直是許多人的困擾。（于海櫻攝影）

三、人體的自動力學工程

為什麼呢？因為我當時雖然才剛剛開始學書法，但以自己有限的經驗，卻已經知道，寫字的時候如何使用力道，根本是一種「人體的自動力學工程」，換句話說，寫字這件事，和日常生活中其他的活動一樣，你走路就走路，坐下就坐下，只要心念起動，身體的所有肌肉、神經就會自動協調，然後在「不知不覺」中完成走路、坐下等等的動作。

寫字的時候，你專注的是如何把字寫字好這件事本身，而不是去記得你要寫什麼筆畫的時候，要用哪一根手指的力量去推、拉、拓、擫等等，包世臣分析得那麼細，我覺得根本就是胡說八道。

當然寫毛筆字是一定要有方法的，從拿毛筆的方法到寫字的方法，都一定要講究，否則會事倍功半。

問題是，什麼是「正確的方法」？當時我的書法老師沒說，所以只能自己觀察老師寫字的方式，然後去古人的書中找答案。

小時候老師教書法最喜歡講柳公權的故事，因為他說過「心正則筆正」，這話連皇帝聽了都肅然起敬，更何況是我們？

所以老師說，「心正則筆正」，你們寫字的時候，筆一定要拿正，不然就會變成一個心術不正的人，要當正人君子，首先寫字要把筆拿正，要——把筆桿對準自己的鼻子——寫字。

——寫字的運動方式過程有如人體的自動力學工程。（陳勇佑攝影）

以上的邏輯推理不知從何而來，但似乎很多老師都這麼教，可是，可是我每次把筆桿對著鼻子寫字的時候就覺得荒唐，因為筆桿對著鼻子以後就根本看不到自己的字，結果，這樣寫字的同學都得歪著頭寫字，頭都歪了，人怎麼正得了呢？

唐朝楷書是大家學書法的必經入門功課，但唐朝楷書的規矩也特別多，光是拿筆的方式就整死人，可是，當時學校老師會書法的沒幾個，就算有，我也沒遇到過，所以，只好繼續自己找答案。

四、蘇東坡的啓發

我最喜歡的書法家之一是蘇東坡，他的字不是很秀麗，但很有味道，而且他在「北宋四家」：蘇東坡、黃山谷、米芾、蔡襄中排名第一，蘇東坡既然是第一名，一定有他的道理。

然而，蘇東坡說到寫字的方法，竟然是「吾書意造本無法」，原來，他根本就否定了唐人楷書的諸多規矩。

後來書讀多了，才知道蘇東坡寫字的方法，是單勾（像拿原子筆），枕腕（像拿原子筆），斜管（還是像拿原子筆），這下我簡直驚喜得快要抓狂了，原來老蘇寫字方法和我一樣？哦，應該說，原來我寫字的方法，和蘇東坡一樣？

我把這個讓人驚喜無比的大發現拿去問老師，老師的回答讓人很洩氣：「蘇東坡是蘇東坡，他是天才，天才哪裡是學得來的？去，乖乖把你的筆桿對著鼻子練書法。」

老師的回答很權威，但我並不滿意。至少我是這麼想的，蘇東坡也是人，為什麼他可以我不可以？

再後來，我把「北宋四家」寫字的方法通通研究過一遍，這才發現，原來這四個人寫字的習慣和愛好都不一樣，拿筆的方法不一樣、喜歡用的毛筆也不一樣，寫字的姿勢和方法也都不一樣。

這個「通通不一樣」的發現，為我寫字的樂趣打開了一扇大門，以前雖然喜歡寫書法，但卻被書法的諸多規矩所苦，而每位大書法家寫字的方法都不一樣，豈不意謂既然寫書法可以不要有那麼多規矩，不要有那麼多規矩，寫起來自己快樂多了。

但儘管如此，我還是不斷在尋找寫字最好的方法。因此，當我看到書上記載，我非常喜歡的文徵明，在八十幾歲的時候寫小楷，還是懸腕的時候，就下定決心要把懸腕練起來。

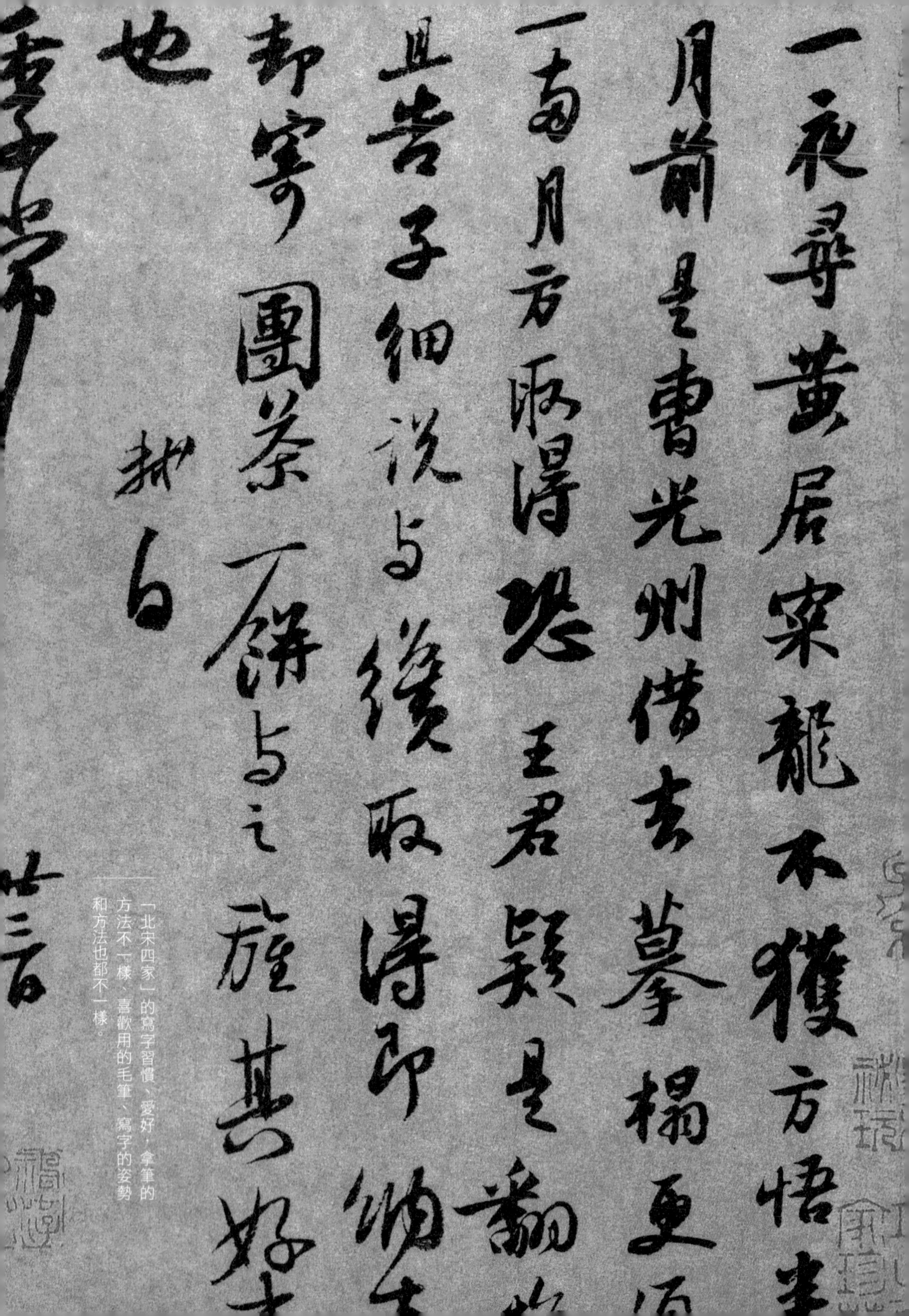

「北宋四家」的寫字習慣、愛好，拿筆的方法不一樣、喜歡用的毛筆、寫字的姿勢和方法也都不一樣。

五、懸腕要怎麼練

書法史中談到懸腕寫字的部份不少，大都強調懸腕才能把全身的力氣送到筆端，才能寫好字，看起來懸腕是書法家必備的絕技，所以非練不可，但是，翻遍古書，卻很少講到懸腕要怎麼練。

古人懸腕的功夫是很厲害的，趙孟頫、文徵明、米芾都有在船上寫的字流傳下來，完全看不出來寫字的時候受到船的搖盪所影響，要做到那個程度，只有懸腕寫字才有可能，甚至要像晉朝人那樣，左手執紙、右手執筆，雙手懸空而寫。但是這個功夫太厲害，學生時代自認不可能學會，所以就從右手懸腕開始練起。

後來好不容易找到一段米芾練懸腕的記錄。米芾的書法技巧公認是「北宋四家」最繁複最厲害的，他自己說是利用感覺袖子垂墜在桌子上的力量去保持懸腕時手的穩定，所以，我就去找了條絲巾，每次練字的時候掛在右手手腕，用絲巾垂墜在桌子上的力道來懸腕。說來奇妙，雖然絲巾垂墜只有一點點感覺，但確實比空手懸腕容易控制許多。

這樣練了幾個月，懸腕寫字對我來說，已經是平常的事了，但要像文徵明那樣寫小楷也懸腕，還是不可能，因此這個懸腕寫小楷的功夫也就一直沒有放下，一直到退伍後到台北工作，好幾年過去，我還是每天像蹲馬步一樣，懸腕寫小楷。

直到有一天，臺老問我寫字懸不懸腕。

我說，懸腕啊。您呢？

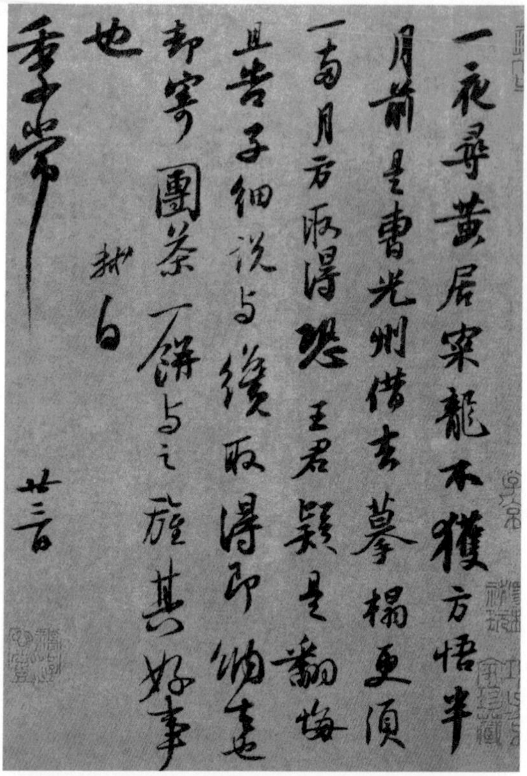

—蘇東坡書法。

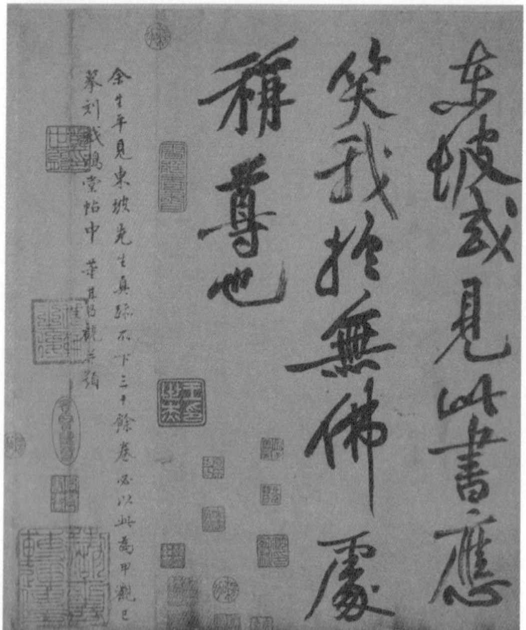

—黃山谷書法。

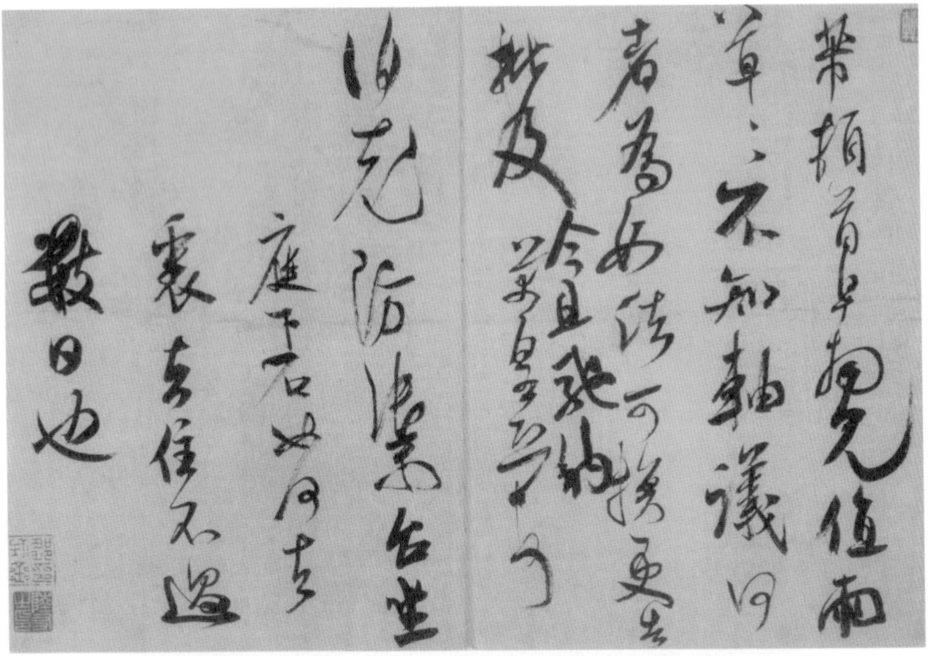

一米芾書法。

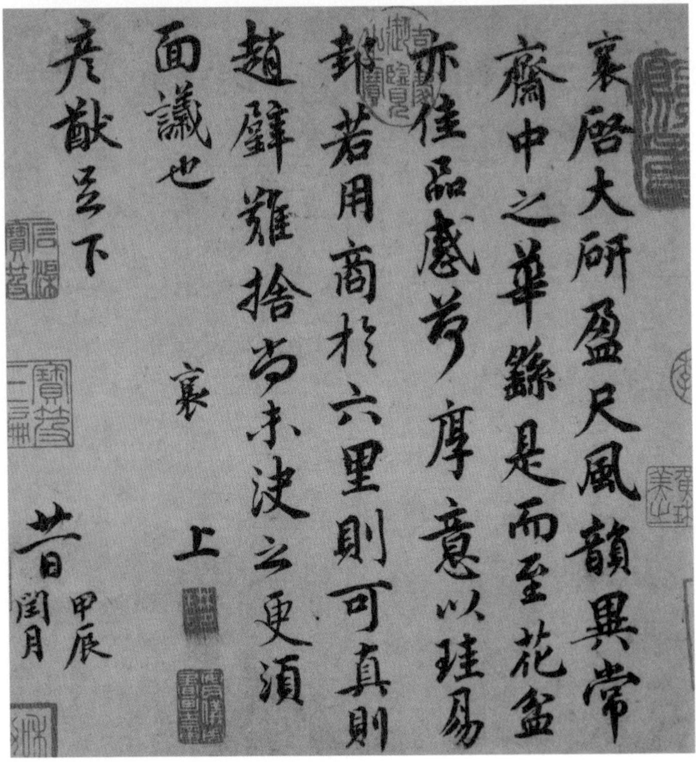

襄啟大研盈尺風韻異常
齋中之華繇是而至花盆
亦佳品感荷厚意以珪易
邽若用商於六里則可真則
趙璧難捨尚未決之更須
面議也
襄 上
彥猷足下
甲辰
閏月

一蔡襄書法。

「您呢」是順口問的，臺老是大書法家，想必寫字一定懸腕，這還用說嗎？

沒想到，臺老嘆了一口氣，說，我現在都不懸腕囉，老啦，臺老說，現在能寫字就不錯了，懸腕是沒辦法囉。

哇塞，不會吧？當今第一書法家寫字不懸腕，那書上說的不都騙人嗎？我心中想，那我幹嘛還辛苦練懸腕？

然而說來也怪，那時要我刻意不懸腕，反而覺得不順暢，所以，我從此之後寫字完全看情形，有時懸腕有時不懸腕，看精神狀況，也看字的大小。

其實就好像我現在常常跟學生說的，懸腕不容易，字容易抖，但抖久了就不抖了，寫毛筆字需要很高明的技術，所以需要訓練、需要正確的方法。但如果訓練和方法講求過度，反而會有傷害。

包世臣一輩子追求書法的技術和理論，但追求得過度瑣碎，所以陷入許多自我矛盾的方法之中，當然也不可能寫出多麼高明的字。

所以，我認為，現代人初學者就不應該懸腕，而應該先了解筆畫的力道應用，以及手、筆之間如何協調，等到功夫深了，手穩定了，很自然就會自動懸腕，蘇東坡說「吾書意造本無法」的「本無法」，應該解釋為「本來就沒有一成不變的方法」，因此，把字寫好最重要，懸不懸腕，就不必強求。

再說，現代人喜歡寫書法就不容易了，其實枕腕也什麼沒問題，人家蘇東坡可以，我們應該也可以，是吧？

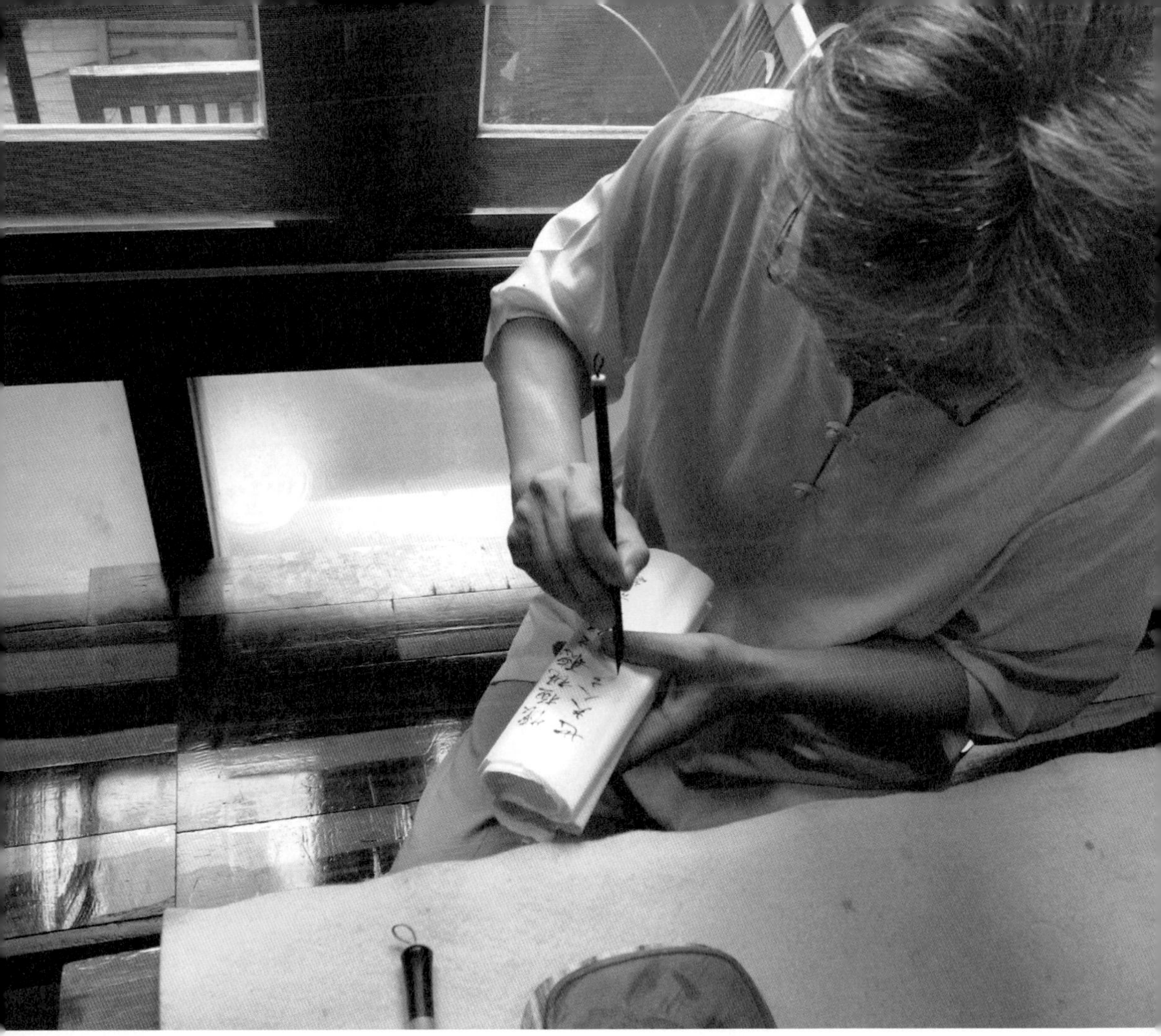

左手拿紙、右手執筆，懸腕寫字。（許映鈞攝影）

『書法與技法』

一、心靈手巧與藝術家

一般大概都認為，書畫家必然心靈手巧，所以可以創造出美麗感人的藝術。

尤其手是否靈巧，最常常被用來認定有沒有天份。

也確實，歷史上大部份的書法家大都是手巧的。尤其是王羲之、趙孟頫等人，他們的天份首先就表現在手的靈活上，他們那種靈巧、精緻的筆法，一般人即使苦練，也很難練得出來。

然而王羲之、趙孟頫這樣的天才，千百年來也不過出過這麼一兩位，其他的書法家，以我看就不見得都是手巧的。

例如顏真卿、柳公權，這兩位唐楷大師，我就不覺得他們的手很巧，仔細分析他們的筆法，並沒有太多的細微的變化和精巧，顏真卿的書法以雄渾見長，但他筆法卻甚單調和公式化，比起歐陽詢，技巧可以說遜色太多，柳公權的楷書比較秀氣，筆法也漂亮一些，但前兩年北京故宮出版柳公權寫的〈蘭亭詩〉，其筆法之凌亂，讓人大吃一驚。

名列「北宋四家」之首的蘇東坡，大概是四人當中手最不巧的，蘇

——蘇東坡的書法似拙實巧。

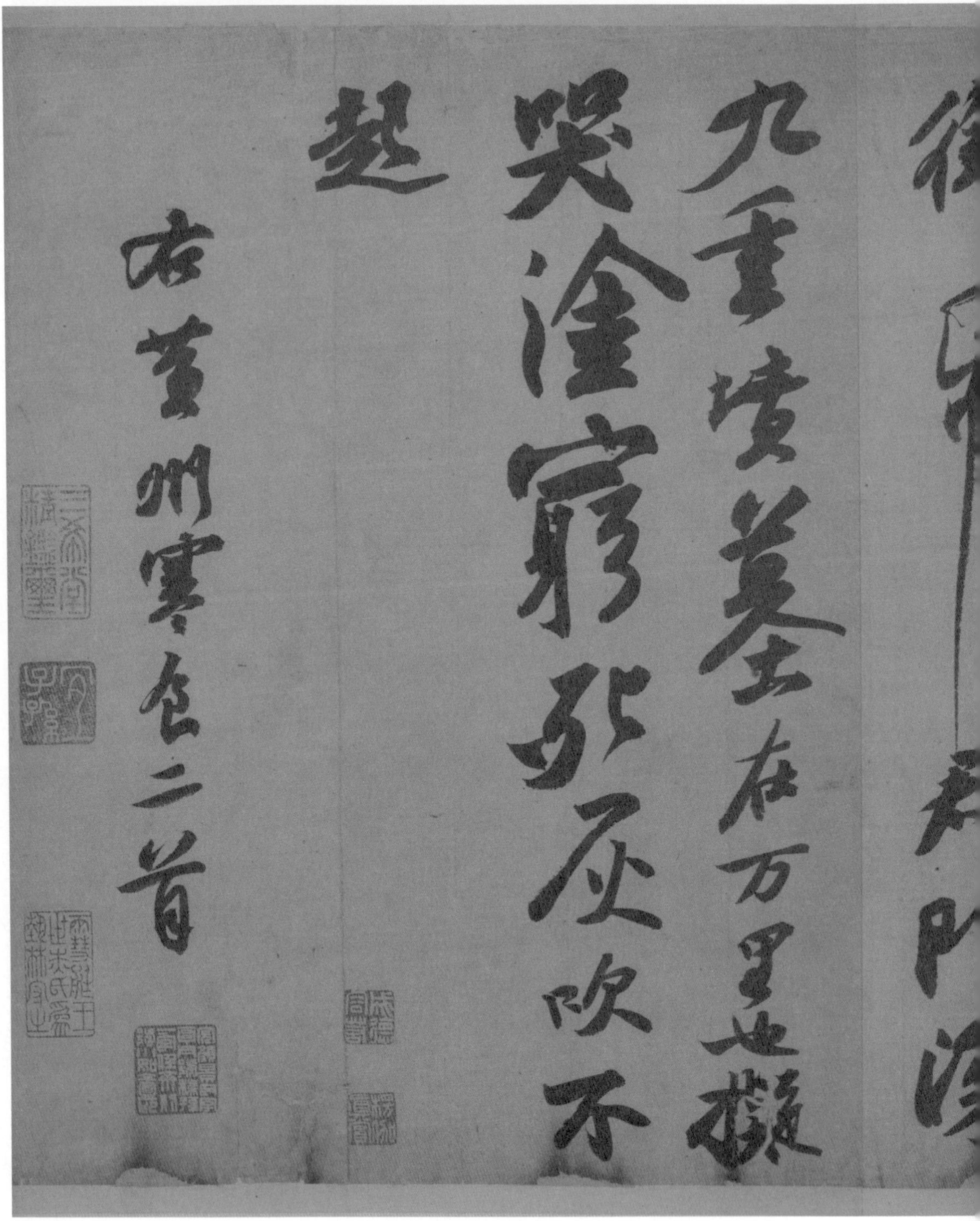

九重墳墓在万里也擬
哭塗窮死灰吹不
起
右黃州寒食二首

東坡寫字習慣是「單鉤、斜管、枕腕」，不太符合一般認為的寫書法要雙鉤、懸腕，他的字也重而拙，而且有明顯的缺點；而主張寫字要雙鉤、懸腕，擅長草書的黃山谷，其實用筆也不精巧，他的筆法以字形結構取勝，然而筆法總是直來直往，就像他的號，很「魯直」，至少，黃山谷的技巧比米芾、蔡襄都差多了。

清朝的金農則更是手拙到不行，他那一手風格獨特的「金農體」，刻板到像木刻字體，幾乎沒有什麼正統書法上的筆法可言。

然而事實證明，這些書法家的手拙，並不妨礙他們成為一代名家或大家。

二、以拙為美

書法史上最大的美學反撲，應該是清朝時期魏碑的興起，許多當時的書法史學論述甚至認為，魏碑的美，比千百年來的書法主流「二王體系」還厲害。而魏碑卻是由一些不知名的民間工匠刻寫出來的，技法拙劣、字形歪斜，而且錯字連篇。雖然說魏碑的興起有其特殊的時代原因，清朝人也未免過度推崇，無論美學特色或因之而起的書法理論都很有商確的餘地，然而，不論如何，魏碑確實有一種很搶眼的特色。

相反的，歷史上也有一些手極巧、書寫技術高明的書法家，雖然紅極一時，但卻很快被人遺忘，例如明朝的解縉。解縉的草書流暢到極點，沒有高明的書寫技術是辦不到的，加上他是明朝第一位內閣首輔（等於宰相），所以求字的人很多，連外國使節到中國來，都要想盡辦

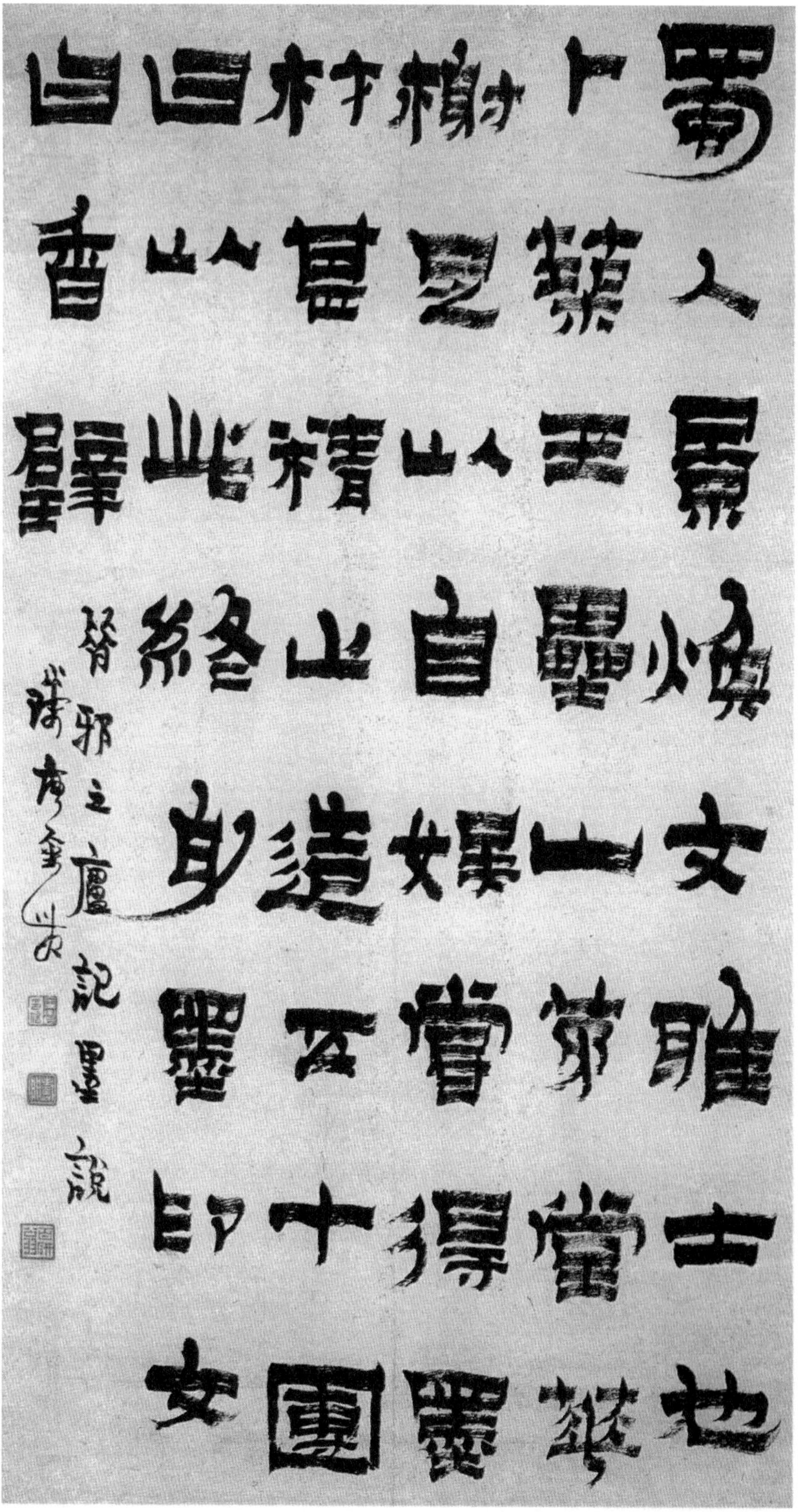

金農的書法拙到極點。

法，以昂貴價錢買到解縉的書法帶回本國，然而，解縉的影響卻非常有限。

所以說，手巧的書法家並不一定佔便宜，而手拙的人也可以寫出很厲害的書法。

因此，我常常告訴想要學書法、而卻擔心自己沒有天份的人，寫書法不需要天份，只要努力，發揮自己的特質，一樣可以寫出很有味道的毛筆字。

更何況，人總是對自己有天份的東西才會感到興趣，自己做不來的，不能理解的東西，往往很難引起太多的關注。所以興趣就是天份所在。

只是每個人的天份不一樣，這也是書法(包括其他藝術)可貴的地方，如果書法只有天才才創造得出來，那麼王羲之之後就不必再有第二個書法家了，但整個書法史也就不會那麼繁盛多變了。

寫書法不一定要有天份，寫出風格也不一定需要高明的技巧，但這並不是說寫字可以隨便亂來。

例如，很多人說弘一大師的字沒有技巧，所以學弘一的字很容易，這是很大的誤解。

弘一大師的字其實是技巧上、人格上已經達到返璞歸真的境界，他的書法沒有稜角、沒有漂亮的結構、沒有強烈的轉折，甚至沒有所謂的起承轉合的各種筆法，但那是收斂了所有的技巧之後的呈現，正是佛法修養、人格品性融入筆墨的最高境界。

把繁複的技法化為無形，那可是不得了的技法。

『書法的理性與感性』

一、《書譜》的寂寞與繁華

二〇一一年初冬，在參觀了幾次故宮展出的《書譜》之後，我再次有了臨寫《書譜》的興致。

《書譜》是唐朝中葉書法家孫過庭的作品。孫過庭在世的時候並不著名，當時他官小人微，雖然書法寫得非常精湛，但影響很小。

現在社會分工精細，許多藝術家可以憑著本身的修為和成就揚名立萬，但古時候並不是這樣，一個書法家如果沒有相當的家世和官職，是不容易得到社會重視的，即使名列「北宋四家」的米芾，書名遍天下，連本身是書法天才的皇帝宋徽宗，都要欽點米芾到皇宮來「表演」書法，但米芾也沒有因為他的書法成就受到更多的重視。

米芾的名氣大，與他時有往還當時文化名流也有很大的關係，孫過庭則相當寂寞，他死後有名詩人陳子昂為他寫的墓誌銘說：「元常既歿，墨妙不傳，君之遺翰，曠代同仙」，已經算是相當不易了，唐代的《續書評》提到他，也不過聊聊數語：「過庭草書如懸崖絕壑，筆勢勁健」，但也總算被記了一筆。倒是他的《書譜》卻流傳了下來，而且對書法的發展產生了極大的影響。

最主要的原因是，《書譜》雖然不是最早的書法評論，但卻可能是

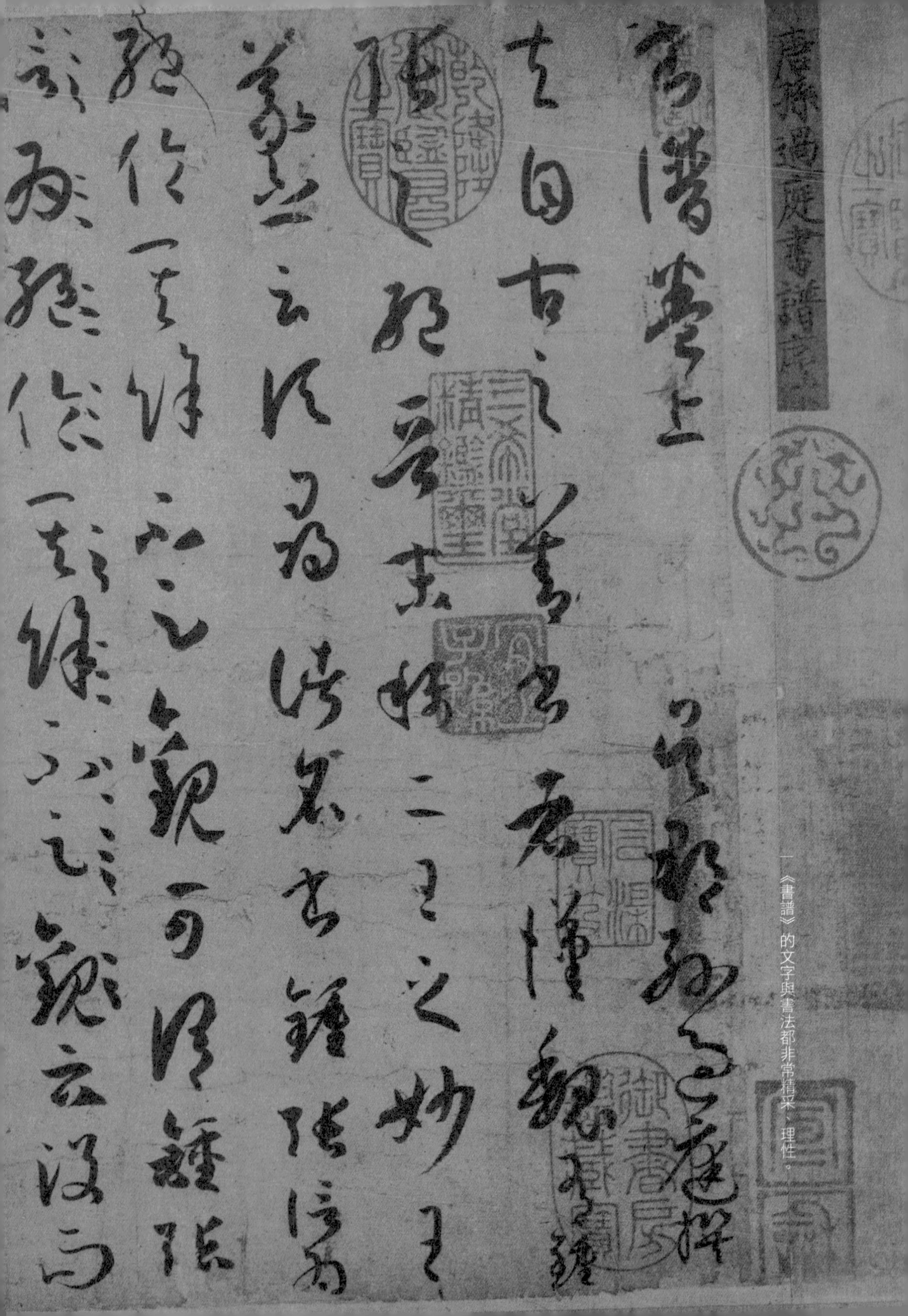

—《書譜》的文字與書法都非常精采、理性。

比較系統性討論書法理論的著作，整篇文章並不長，只有三千五百字左右，但內容龐大，從書法歷史、名家風格、書法美學、書法本質和書法的創作與欣賞，都有「結論式」的論述。

《書譜》的流傳和影響，主要是因為他的書法論述，而不是因為孫過庭的書法，因為孫過庭不是很有名，《書譜》墨跡也只有一本，後來雖然有了碑刻，但和墨跡相差太大。二十幾年來我對《書譜》的重視，主要還是在它的文字，而不是因為書法。

這幾年故宮連續展出《書譜》，也對《書譜》做了一些科學研究，所以臨寫《書譜》的興趣就慢慢培養了起來。

一寫之後才發現，以前對《書譜》的書法顯然太過輕忽了，這也印證了我常常說的，研究書法光看是沒用的，連我自己看《書譜》看了這麼長的時間，都沒看出《書譜》的厲害，更何況一般人？

二、〈自敘帖〉自得其樂

相對於孫過庭，中唐另一位書法家懷素名氣就大得多了。懷素最有名的是草書，而且是狂草，他的名氣大到可以和張旭並列，張旭的草書在唐代幾乎和神話一樣，在杜甫的詩作〈飲中八仙歌〉裡，張旭就名列其中，詩中歌詠張旭「張旭三杯草聖傳，脫帽露頂王公前，揮毫落紙如雲煙」，也成為後人頻頻引用來形容書法的名句。

懷素的草書和張旭齊名，有「張顛素狂」之譽，而懷素草書最有名的作品是〈自敘帖〉，從名稱可知，內容是懷素的「夫子自道」。

懷素是個和尚，但卻吃肉喝酒，並沒有嚴格遵守出家的清律，但這些都不及〈自敘帖〉的內容那麼讓人驚訝。

〈自敘帖〉除了簡單記載懷素是長沙人，幼而事佛之外，其他內容，都是引用當代名人對懷素其人其書的讚美，文中談到當代名人為懷素寫的詩歌多到「動盈卷軸」，各式各樣的讚美無所不有。因而可以想像，懷素用最能傳達心緒的狂草，來寫這些讚美自己的文句時，是多麼筆墨激切，再不懂書法的人，都可以從〈自敘帖〉豪放不拘的筆法中，感受到痛快無比的一個爽字。

—〈自敘帖〉筆法酣暢淋漓。

禮部云奔
蛇走虺
勢入座驟雨旋風聲滿堂
盧員外云初疑輕煙淡古松又似山開萬仞峰

三、書法的理性與感性

《書譜》是草書，〈自敘帖〉也是草書，有趣的是，同樣的草書，表現出的卻是一個理性、一個感性。

孫過庭的筆法非常精緻，點畫和結體都很靈活、自然、漂亮，精妙的筆法充滿各種優美的線條和節奏，沒有高度甚至是精密控制筆墨的能力，不可能達到這樣的成就。

懷素的〈自敘帖〉就完全不同，他的草書豪放不拘，線條的行走和墨韻的變化非常大，字體的大小相差很大，可以說除了精熟的技術之外，主要是書寫的情緒在表現書寫。

對一般人來說，〈自敘帖〉的精采是比較容易欣賞的，因為〈自敘帖〉的字大，風格變化很容易看得出來，尤其是配合文字的閱讀，很容易激發「落筆如雲煙」的想像與感受。《書譜》相對就比較不容易欣賞，除了字體比較小之外，《書譜》文字內容多為敘述說理，自然也比較不會引起閱讀的感性連結。

但《書譜》是歷史上所有草書中，最精微細膩的作品，南宋高宗對《書譜》非常推崇，他的草書成就即來自長年臨摹《書譜》，也因為如此，《書譜》才逐漸受到人們重視。

〈自敘帖〉的魅力一眼即知，不管有沒有學過書法，都能夠感受懷素書寫情懷的酣暢淋漓，要懂得《書譜》的高明，沒有一定的書法基礎是很難理解的。

對我來說，《書譜》有如草書的聖經，除了高明的書寫技術，其文字內容更是揭發了千百年來學習、欣賞書法所可能碰到的各種問題，而且孫過庭都已經有所分析和解答，如果說，在所有的書法理論中只挑一篇最好的，那無疑就是《書譜》。

總體來說，〈自敘帖〉是抒情的，《書譜》是說理的，但〈自敘帖〉也有敘述的部份，《書譜》當然不乏抒情的筆法，兩者的成就都前無古人、後無來者，而這樣的草書成就，卻發生在楷書的理性精神最鼎盛的唐朝，這似乎也是書法的理性與感性必然同時並進最好的說明。

『日常生活中的寫字』

一、偶然欲書

練字是我每天的功課，少則二三小時，多則七八小時。

很多人常常問，像我這樣的功力，還需要練字嗎？

寫字是一種技術，任何技術愈到了高深的程度，愈需要下功夫練習，練習不一定可以有什麼突破，但卻是保持高峰的唯一方法。

許多演奏大師到了晚年，還是每天練習數小時，道理也是一樣的。鋼琴大師傅聰過了七十歲，依然每天練習六小時以上，目的就是要保持技術的精準與靈敏。

對寫字的人來說，臨帖就是在練「基本功」，功夫越深，可以掌握的穩定度就越高。而書寫技術的穩定度越高，就是真正的功夫。

明末清初的書法家王鐸，終身一天練字、一天創作，目的也還是維持基本功夫的穩定。當然，這些大師們的基本功夫和初學者的基本功夫不在同一個層次上。

同樣的，即使是練習同一個字帖，對行家和初學者而言，其境界也自然不同。

書法非常博大精深，任何一件流傳後世的經典作品，都至少包含了書寫、文字的雙重內容，如果再加上作者當時的特殊狀況，例如人生閱歷的重大事件等等，那麼其中可以探討的東西就異常豐富，絕非一眼兩眼就可以了解。

我常常要求學生在練到一定的基礎之後，再回頭練習他們已經練過的字帖，剛剛開始大家難免有所疑惑——不是已經練過了嗎？幹嘛走回頭路？

然而，當大家認真的重新練習以前練過的字帖，一定會發現，怎麼自己以為已經很熟悉的字帖，竟然還有那麼多的細節沒有看到。

現代網路科技發達，網路上充斥著龐大的資訊與消息，加上太多即時通訊軟體的影響，人們對語言、文字的敏感度已經降低到最低的程度——瀏覽，再好的作品，也只是看過就以為會了。

事實當然並非如此。

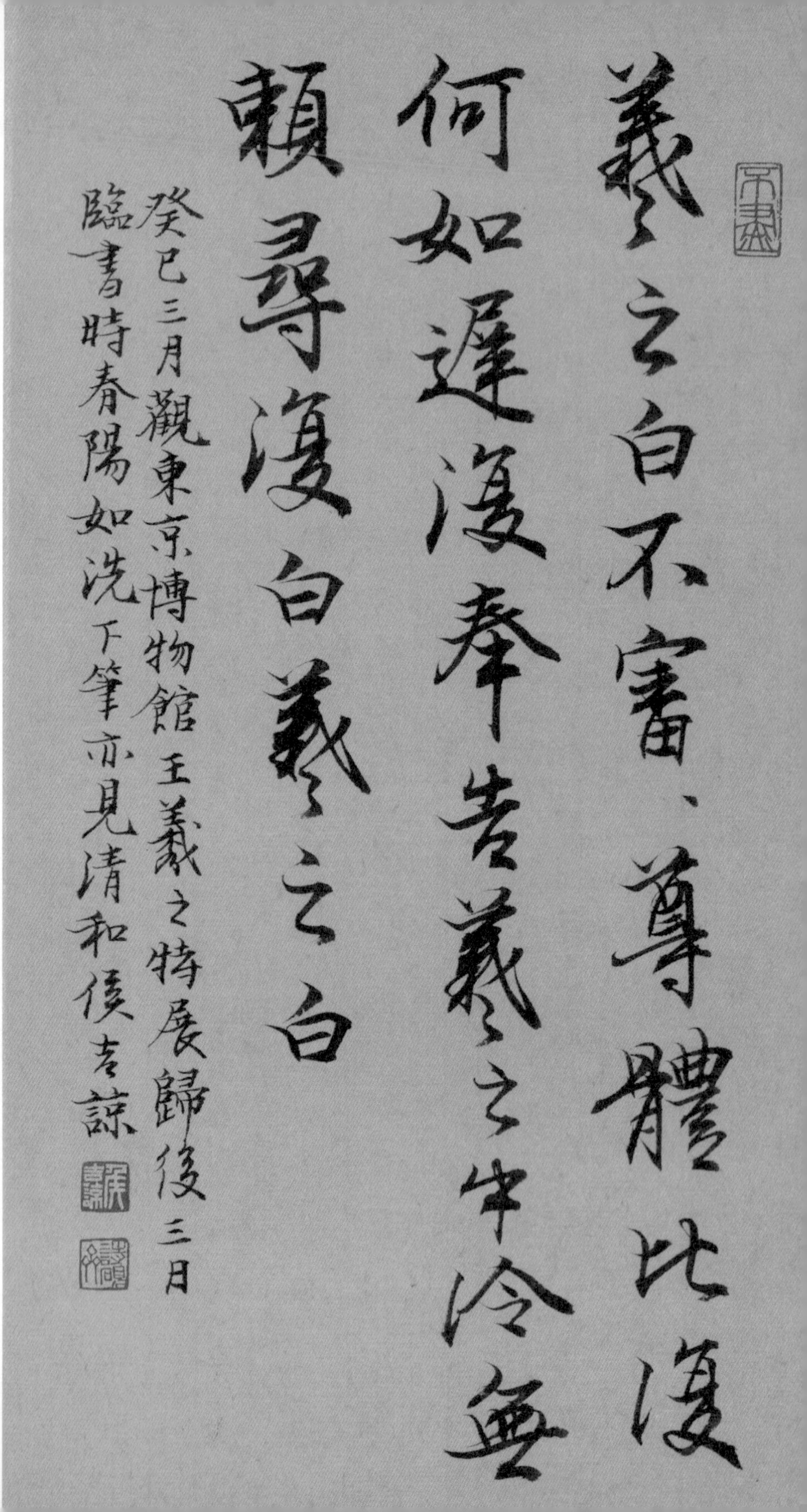
羲之白不審尊體比復
何如遲復奉告羲之中冷無
賴尋復白羲之白
癸巳三月觀東京博物館王羲之特展歸後三月
臨書時春陽如洗下筆亦見清和侯吉諒

寫字愈到高深的程度，愈需要下功夫練習。
侯吉諒臨王羲之〈何如帖〉。

二、書寫的季節

常常有人問我，什麼時候會想寫書法作品？

我日常生活中用毛筆寫字，一是練字，佔去最主要的時間，一是寫作品，需要天時地利、更需要心血來潮。

除了書課練功，書法是一種抒情的書寫，即使寫信、作紀錄，諸多心情也會流露在筆端。

寫字需要高度專注，而平常嚴格的技術訓練，可以把心情準確的轉換成筆畫、結構，所以寫作品的時候，很自然的會帶出一時一地的心情。即使不刻意經營，心中的意念與手的動作必然是連接一起的，心情歡悅的時候，筆畫自然舒緩優雅，心情鬱悶的時候，手的動作不免短促而急切，筆畫自然散漫零落，有時學生來上課，我一看他們寫的字就知道他那三天之內的心境如何。

想寫字的心情就是一種特別的累積，這樣的心情在寫作上，或許也可以說是「靈感」，是難以捕捉的心緒流動，更是爆發創作潛能的契機。

靈感對任何創作都非常重要，即使是一個技藝達到爐火純青的大師，如果沒有靈感的激發，他的創作也必然只是維持水準而已，不會有太超過想像的作品出現。

創作需要高明而有規範的技術訓練，然而高明的創作往往要借助一些意外的效果。

對我來說，對文字有所感覺是想寫書法的第一個要件。

人對任何事物的理解，往往會有一個特別的時刻可以達到平常沒有辦法獲得的深度，同樣的文字，在不同的時候閱讀，絕對會有不同的心境，蔣捷的〈虞美人・聽雨〉，最可說明其中奧妙：

少年聽雨歌樓上，
紅燭昏羅帳。
壯年聽雨客舟中，
江闊雲低、斷雁叫西風。
而今聽雨僧廬下，
鬢已星星也。
悲歡離合總無情，
一任階前、點滴到天明。

——創作需要高明而有規範的技術訓練。侯吉諒臨王羲之〈妹至帖〉。

妹至羸情地難遣憂
之可言須旦夕營視之
便大報期轉差也知
不快當由情感如佳吾
日弊為爾須可[illegible]

癸巳三月至東京觀王羲之特展歸後二日
臨妹至大報二帖於一帋 侯吉諒

三、不同季節、時令的書寫心情

其實不用少年、壯年、老年的差別，即使是白天、黑夜、黎明、黃昏，也可以對寫字的心情產生極大的影響。

我有幾則書法箚記，談到不同季節、時令的書寫心情：

- **寒冬酷冷，宜書秦篆漢隸，以白酒助興，則時間蒼莽之感，皆在筆端流動。**
- **盛暑高熱，何妨赤膊寫狂草，亦有一種酣暢的快意。**
- **暮春初溫，最宜泥金箋小字行書，抒發空氣中流動瀰漫的生機。**
- **初春乍暖還涼，寫字的心情因而變化萬千。**
- **秋風悲涼，當用老紙書舊作，寫一種無可如何的感傷。**

這些筆記的記錄順序當初如此，後來並未按季節的順序調整，因為我想保留感興的先後過程，也記錄那些關於書寫的感覺，絕非只是在文字上作境界的形容。

我還深深記得寫下「寒冬酷冷，宜書秦篆漢隸」這第一條心得的心境。書法需要高度的技術，冬天的時候，因為寒冷，身體難免僵硬，加上衣物厚重，很難自由的伸展手腳，這樣的時候寫筆畫靈活的行草當然是比較困難的，因此冬天的時候，很自然而然的，我就會以篆隸作為寫字的主要功課。

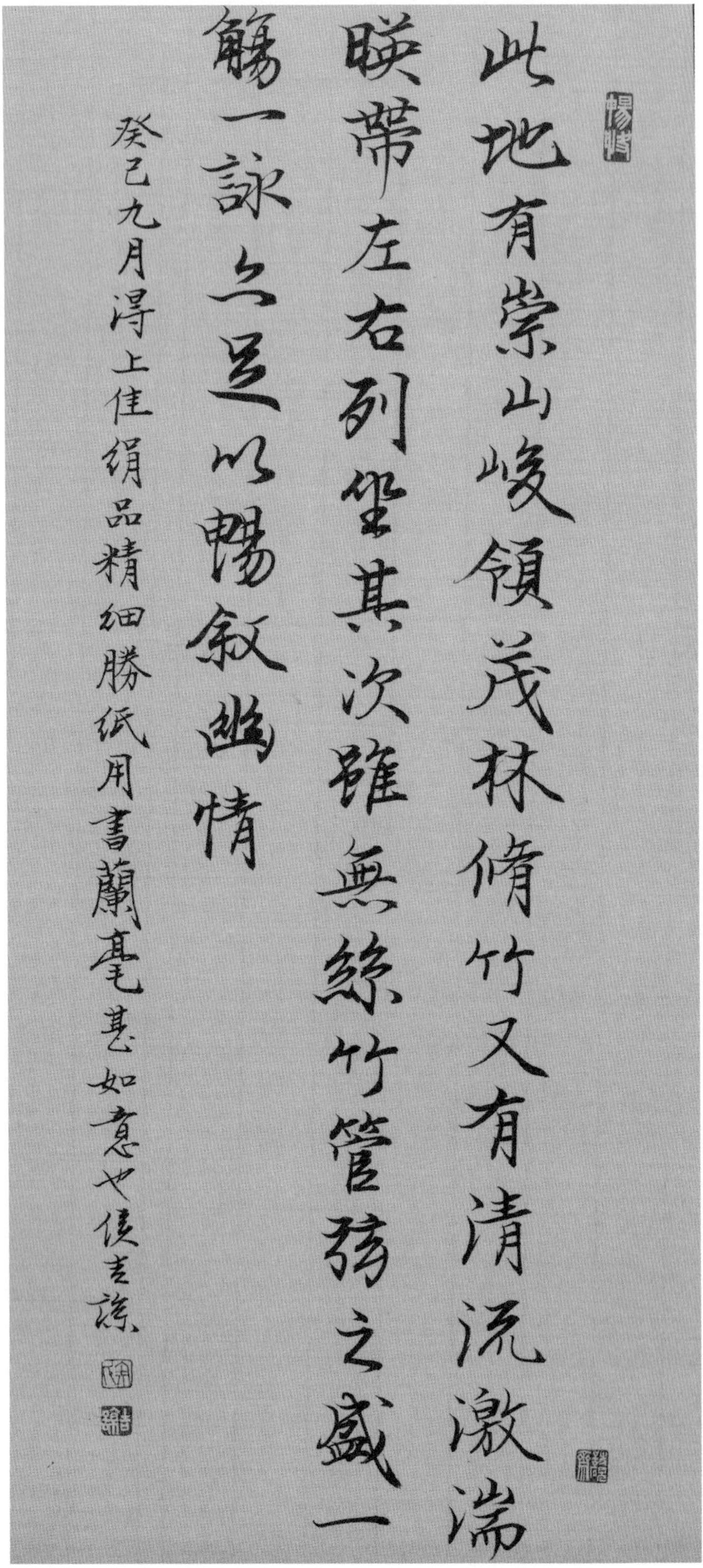
此地有崇山峻領茂林脩竹又有清流激湍
暎帶左右列坐其次雖無絲竹管弦之盛一
觴一詠亦足以暢敘幽情
癸巳九月得上佳絹品精細勝紙用書蘭亭甚如意也侯吉諒

—侯吉諒書絹本蘭亭序。

相對於我們現在所熟悉的楷行草，篆隸字體的風格高古、樸拙，而又大氣莊嚴，練習篆隸，可以增加筆墨的厚重，使之不會失於輕滑。

篆隸的字體如是古樸，寫的又多是兩千年前的記載，以往閱讀諸多文史的知識、典故，很自然的就匯流到心境之中，秦始皇、劉邦、項羽這些創造歷史的英雄人物和事蹟，每每在我臨寫〈嶧山碑〉、〈石門頌〉的時候，悄悄在腦海中出現。

篆隸的筆畫技術相對來說比較簡單，結構也並不複雜，是非常容易入手的書體，然而卻很難寫好。

相對於行、草、楷而言，隸書這個比較樸拙的字體在明末清初被重新發掘、重視的時候，其實當時大部份的書法家們並不知道如何看待隸書這樣的字體，隸書為什麼重要，要如何寫才是「好看的隸書」，是經過相當長的摸索和實驗，才終於找到「解釋」隸書之美的理論和方法。

不像楷書的工整、規則，技巧也沒有那麼嚴謹、細緻，隸書從筆畫到結構都呈現一種「尚未定型」的狀態，橫畫、直畫都沒有一定的角度和規律，有折角的筆畫，更是充滿各式各樣的寫法，相對於楷書的成熟、規範，隸書似乎有各種可能。

相對於楷書，隸書給人的感覺，就是比較古樸、古拙。

古樸、古拙都是古人沒有清楚界定的視覺印象，難免讓人難以掌握這兩個名詞的確切意思和意義。

其實無論古樸，還是古拙，就藝術的表現形式和技巧來說，就是相對的比較簡單。

這樣的解釋，或許有人會覺得過於簡單，卻不知，簡單並不表示容易，在篆隸楷行草五種字體當中，篆書的技術表面上看起來最簡單，然而寫起來可能最困難。

原因是篆書的筆畫，到了小篆的階段，固守絕對的水平和垂直，筆畫粗細如電腦畫出來的線條般粗細均一，要用人工的方法寫到那樣絕對，而且每一筆都要如此，那真得憋氣寫字才能做到。

而隸書這種未定型、充滿很多可能的字體，在脫離小篆的工整之後，因為書寫者的性情，自然發展出極有特色的各種風格，同樣是隸書，〈石門頌〉有大氣磅礴的氣象，〈禮器碑〉則華麗肅穆，〈曹全碑〉則柔美流暢，各自展現了書法在發展變化過程中強大的創造力和生命力。

隸書這種書法風格內含的生命力，那種包含各種可能的創造力，是書法發展過程中未曾再現的高峰，那是漢字字體發展過程的必然，也是秦漢之際時代氣象所決定的內涵。

因而要把篆隸寫好，實在說，非常困難，在篆隸風格最盛行的清朝，能夠掌握篆隸這種內在生命的書法家，也是寥寥無幾。

然而就在這樣古樸的書寫中，「寒冬酷冷，宜書秦篆漢隸，以白酒助興，則時間蒼莽之感，皆在筆端流動」的感覺，清清楚楚的在我心中出現，於是我知道，就是這種體會，或許我的書法可以向前邁進，達到一個新的境界。

之後，我很自然的開始留意在不同季節的書寫體驗，並把那種書寫的心情，化為筆墨的感覺，從而找到更多的靈感。

四、現場揮毫

一般來說，寫字這件事，不管是作筆記、寫日記，或練字、寫作品，總是在安靜的時候發生，有點像是自我的獨語、與自己心靈的對話。

雖然也是寫字，現場揮毫則多了表演的性質，和一般寫字有很大的不同。

唐朝的張旭、懷素以草書獨步古今，他們兩個都嗜酒，杜甫在〈飲中八仙歌〉說張旭是「張旭三杯草聖傳，脫帽露頂王公前，揮毫落紙如雲煙。」而懷素則常常喜歡在「八月九月天氣涼，酒徒詞客滿高堂」的場合中，「吾師醉後倚繩床，須臾掃盡數千張」，這是李白在〈贈懷素草書歌〉中，形容懷素的寫字風格，一詩聖、一詩仙，歌詠的是一顛草、一狂草，難以想像盛唐時期何以會有如此昌盛的文化景觀，有這麼多書之不盡的風流人物。

平常上課，寫字示範是必須的事，一邊寫字一邊說明更不是什麼特別難的事，學生看多了也不覺得稀奇，只有偶爾叫他們自己一個一個輪流寫給大家看，才會發現竟然抖到不能控制。

可見現場書寫要寫出一定的水準，就如同現場演奏一樣，需要相當的功力，而表演現場的氣氛，也的確對表演者有一定的幫助，用現代的語言來說，是觀眾期待的能量，灌注到表演者身上，因而激發難得的創作狀態，讓表演的水準達到平常練習無法達到的高峰。

書法的現場書寫大概也是如此，唐朝的許多書法家都有觀眾圍觀的書寫記錄。

台灣近年來頗為流行現場揮毫，觀眾圍觀一旁，書法家們拿著掃把大的毛筆在地上掃來掃去，我能夠理解看這樣的寫字，有什麼樂趣，而這樣表演寫字，又有什麼樂趣？

『書法的生活美學』

許多人學書法的原因，除了有興趣之外，就是因為退休、暫時休業、等待出國、住得很近，或剛好有空等等，以上這些學習書法的原因，我稱為人生的假目標。

這些許多人學書法的時機，在我看來，剛好都是錯誤的學習態度。這樣學書法，因為出發點不對、態度不對，根本學不到東西。

書法是文化的基因，這是我們在電腦化的時代仍然必須認識書法的最重要的理由，而寫書法，則應該是一種生活的美學。

很多人學書法只學一件事——寫字。寫字當然很重要，然而書法除了寫字之外，還有許多東西也很重要，甚至更重要。

寫字之前，要泡筆、要整理毛筆、磨墨、準備紙張、字帖，這些過程影響後面寫字的效果，如果筆沒泡好、墨沒磨好，根本不可能寫出墨色飽滿、不暈不滲的字，所以這些過程要慎重對待，要有如儀式，這樣才可以讓一個人進入準備寫字的身心狀態。

寫字之後，要整理寫過的紙張，標誌日期、記錄自己的心得、收拾字帖、墨條、清洗硯台、毛筆，把寫字的地方，回歸乾淨整齊。

寫字所需要的工具——毛筆、紙鎮、筆山、水滴、小水匙、硯台、墨條、字帖、紙張，更構成了一個完整的文房用品美學，通過使用這些東西的講究，讓人時時刻刻處於一種典雅精緻、安靜優美的視覺氛圍中。

如果再加上音樂、泡一壺好茶，那麼這種「閒來寫字喝茶」的情境，就遠遠不只是練字寫書法那樣單調，而是生活的美學境界了。

古代文人無論得意或失意，無論在家或出外，總是要在生活中安排一個最重要的地方，來安放他的筆墨紙硯，這樣的地方，也許是充滿書籍、碑帖、文物收藏的豪華書齋，也許只是一張鋪了毛毯可以寫字畫畫的桌子，文人的精神從此安頓、生發，從獨善其身的修心養性，到治國、平天下的雄心壯志，都是從這樣一個文雅的筆墨世界開始蘊釀、思索和實踐。

現代人寫字不再有了「十年寒窗無人問、一舉成名天下知」的功利目標，寫字反而可以在書房之中、書桌之上，寄託更多的心情。

而心情的寄託也要有方法，方法是從敬重、愛惜與書法接觸的每一個時刻開始。

寫字的時候，毛筆、紙鎮、筆山、水滴、硯台、墨條、字帖、紙張，都要安置在適當的位置，整齊是基本的要求，而器具的美觀，也必須講究。

學生來畫室上課，我用的是仿宋汝窯的瓷杯讓他們喝茶，茶一定是他們上課前五分鐘才泡好的，放置茶杯的茶盤，是像藝術品一樣的台灣石製茶盤，潛移默化的結果，有不少學生也開始到處找美麗的文房用品，以及家裡用的杯盤。

硯台更是要講究，一方好的硯台不只是磨墨的用具，更是美感的享受，一個最簡單的硯台，長寬比例、厚度尺寸，展現的是一個雕刻者

——毛筆、紙鎮、筆山、水滴、小水匙、硯台、墨條、字帖、紙張，更構成了一個完整的文房用品美學。（于海櫻攝影）

的美學訓練，那是累積了上千年的文化素養才能有的特色，一方好的硯台不但可用、可賞，也可感——感受硯台這個特殊的書寫用具散發出來的美感。

現代人寫字常常為了方便用墨汁，因此許多寫字的人竟然是沒有硯台的，說是方便，其實是隨便，用墨汁寫字和磨墨寫字的感覺根本就天差地別，如果連這種精緻的感覺都沒有，如何可能寫出好字？

寫字的人不講究硯台的美觀與否，簡直讓人難以想像，如果連這些最重要的文房都不講究，他又如何可能從書法之中獲得什麼美的啟示與享受？

學習書法雖然是工作、家庭生活行有餘力的事，但也不能在「人生有空」的時候才想要去「接觸一下」，凡是抱持這種態度的，一定學不長久，也不可能學得好，換句話說，百分之一百左右，大概都會輕易放棄。

然而必須思考的是，有多少人是這樣到處在培養興趣，但過了一輩子，最後卻是一事無成的？

學書法必須把書法的儒雅化入生活，使書法成為生活中的一種美學理念與享受。

學書法不能只學寫字的技術，還要學習如何使書法成為生活的一部份，所謂色聲香味觸法的視覺、聽覺、嗅覺、味覺、觸覺，以及觀念想法，都在書法的潤澤當中，而後書法必能成為生活中的美的享受。

爲什麼要認識書法

一、不懂書法，不了解文化

威權統治時代的國民黨曾經不讓我們認識台灣，民進黨曾經企圖否認台灣的文化根源來自中國大陸，政治上的混亂，讓台灣的民眾既不認識台灣也不認識中國。

而台灣的教育是完全西化的殖民教育，加上升學考試的誘因，許多父母迫不及待讓還不會說話的小朋友去念雙語幼稚園，即使因而造成兒童的語言障礙，竟然也毫無悔意。

種種觀念的錯誤、價值的偏差，都是因為我們對台灣傳統文化缺少認識，除了美食和電音三太子，台灣好像就沒什麼值得我們肯定自己的特色。

文化無知、本土意識薄弱，長久以來的台灣，缺少了文化深度的認識與自我肯定，這樣的台灣，可能會失去什麼，已經失去什麼？

面對中國大陸的經濟、文化的崛起，台灣作為華人社會的一員，可能或已經失去了什麼優勢？

我們如何定位台灣的文化、認識自己的鄉土？

這一切，都要從認識書法開始。

古人向來把書法看作修心養性的有效途徑，寫字時所需要的專注，以及因為專注所產生的「定靜生慧」的實效，也因此成為現代人學習書法的重要原因。

寫書法需要正確的方法，方法對了，才能產生潛移默化的功能。正確的寫字方法，每一個步驟都前後相關，所以可以養成凡事細心而不馬虎的個性。

如果方法不正確，想要修心養性是不可能的。

何況寫書法需要大量的時間，也不是每個人可以做到。

二、學寫書法不等於懂書法

在現在的台灣社會，認識書法有更重要的原因。

學習書法，至少要包含兩件事：一、認識書法，二、學會寫書法。大部份人去學書法，指的都是「學會寫書法」這件事，但「學會寫書法」很困難，沒有一千小時（每日一小時、持續二到三年），很難掌握基本的書寫技術。許多人學寫書法通常無法持續一千小時的練習，因為他們可能誤以為，書法是很簡單的事，學個基礎就可以自己發揮了。

卻不知，書法可能是人類所有「動手」的活動中，技術最困難的，因為毛筆是軟的，如何控制毛筆，絕對不是一件容易的事，控制毛筆有多難？金庸在《倚天屠龍記》中有精彩的描寫：（張無忌）這日無

一書畫蘊涵了精緻的傳統文化。（黃亭珊攝影）

事，想起父親外號「銀鉤鐵劃」，於是拿了一本碑帖，習練書法，盼能傳承父志。豈知毛筆在手，筆毛柔軟，雖運起九陽神功加乾坤大挪移手法，也難以操控。

在金庸小說中，九陽神功是天下至剛的氣功，乾坤大挪移手法是天下至巧的武功，而張無忌還身兼天下至柔的太極拳，有了至剛、至巧、至柔的功夫，卻依然無法控制毛筆，可見寫書法之難，必然超乎常人想像。

也難怪很多人根本還學不到如何正確使用毛筆，就已經放棄了。

更可惜的是，大部份的人學書法，只學寫，而沒學認識書法。

要學書法，就得先認識書法，這些書法史的常識或知識，可以不必找老師學，自己讀書就可以了，如果沒有這些常識就去學寫書法，難免會發生很多錯誤，然而大部份學書法的人，並沒有學「認識書法」，教書法的人，通常也不教「認識書法」這件事，或者沒要求學生要去「認識書法」，結果，花了很多時間去學寫字，但可能對書法還是完全沒有常識。

「認識書法」是指一般性的書法知識，包括書法史、名家風格、各種字體、以及書法美學。

但是，「認識書法」要讀對書，許多談書法美學的書，除了形容詞一大堆，就是說故事，以及感性的解釋，這類書讀再多，也不會懂書法。

學習任何東西，最有效的方法就是系統性閱讀。市面上有很多書法史的書，內容大同小異，但這才是了解書法的正道。找一本文字敘述清晰、圖片豐富的書法史，花幾天時間好好讀幾遍，應該就可以具備基本的知識了。

但書法史不容易讀，尤其是秦漢以前的書法發展，對不熟悉的讀者來說，可能會很枯澀，甚至不知所云，因為太古老的文字不容易辨認，更不容易理解其中的美感，所以很多人在讀書法史的時候，往往在先秦書法這裡就停住了，從此書法史就被置之高閣。

讀書法史，如果沒人帶領，那麼從唐宋開始是比較理想的，因為唐宋的書法名家風格是大家比較熟悉的，名字也是大家比較知道的，熟悉是學習的重要基礎，因此從唐宋開始，就很容易把原本生硬的書法史讀下去。

教動手而不教欣賞這種情形，在學校的美術音樂教育中也屢見不鮮。一般的美術、音樂老師總是教如何畫畫、唱歌或很深奧的樂理，而不是教美術、音樂的常識，以及如何欣賞的方法，結果，上了美術課反而因此不喜歡美術，上了音樂而討厭音樂。

在初級的課程中，學習常識才是正確的。學習書法也是這樣，不動手寫字，很難了解書法，但只動手寫字而不讀和書法有關的書籍，更不會懂書法。

書法建立在文字的基礎上，可以說是文化的基因，不懂書法，就對自己的文化不了解，台灣的學校教育幾乎全盤西化，所以很多觀念、價值都被西方同化，完全不知道自己的文化中有很多重要的東西，例如中醫的醫藥、道法自然的哲學、天人合一的價值觀，更值得我們去認識、追求。

漢字的字形、字義本身就有太多的學問和天機，漢字的發明、演變，包藏了古人最高明的智慧，這些高明的智慧，比起西方的科學，不但不遜色，而且更深廣。不知道書法的許多基本常識，作為一個華人，不管在任何社會，就沒有根。

台灣這些年的文化創意產業之蒼白、枯澀、萎縮，反應的就是不重視自己的文化、文化人和文化創作的結果。

台灣的學生從小到大學英語，不知要花數百、數千小時，但可能一點用都沒有。而認識書法的基本知識只要幾個小時，卻很少人願意這樣做。

作為一個現代人，書法不一定要會寫，但一定要認識。

有了書法的基本認識，從此對漢字就會有完全不同的感受，才會深入認識在漢字基礎上的博大精深的中華文化。

輯三

修書，問道

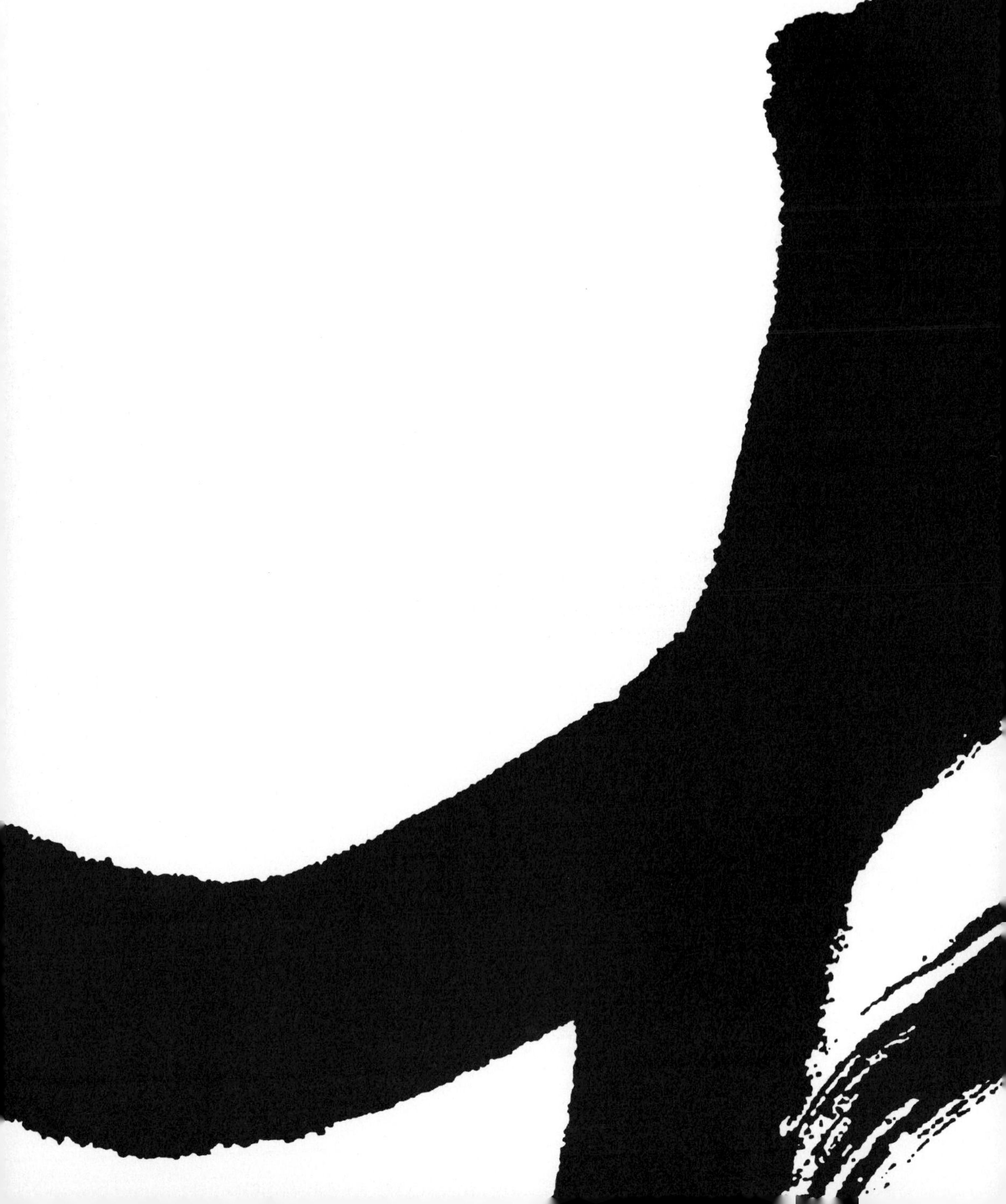

『修書問道』

一、寫信求教、修書問道

一般人在了解我的創作學習過程之後，大都會覺得我非常幸運，因為，我從學生時代開始，十八九歲的年紀，就陸續受到王淮、余光中、洛夫、江兆申這些大師級師長的指點，無論思想、文學、書畫，都直接受益於大師們的教誨。

我出身在一個普通的家庭，沒有任何文藝的背景，沒有什麼志同道合的文藝之友，更沒有任何可以介紹我和這些大師們接觸的長者，我又如何可能在我還沒讀大學之前，就陸續得到這些大師們的教導呢？

除了王淮老師是中興大學的中文系教授，我是直接去旁聽他的課，因而有了進一步接觸的機會，其他幾位老師，在當時的我眼中，都是「傳說中的人物」，我只能在報紙、雜誌上閱讀他們的作品，崇仰他們的成就，從來不敢想像我可以跟隨他們學習。

以前的資訊並不發達，不像現在有網際網路，任何人想要什麼資料，在google上「谷歌」一下，很快就有答案。

但在長期的閱讀和關注中，我慢慢知道這幾位大師們的工作地點，因此唯一可以他們取得連繫的方法，就是寫信。

二、寫信的規矩與講究

寫信給自己所景仰的大師，是非常緊張的，不但要打草稿，還要練習寫字，信的文字要乾淨清楚、要誠懇熱情，字得要工整慎重，還要去查「應用文寫作格式」，搞清楚如何稱呼對方，是直接稱先生嗎？還是要寫老師？要寫「文席座次」比較文雅、還是「收信平安」比較親切？信末要如何結語，要如何問候，是「時祺」好呢，還是「秋安」適當？

信末自己的署名，是要寫學生、晚輩或後學，都是有講究的，你不能一開始就說自己是學生，也不能在師長有所指教之後，還自稱晚輩，因為彼此的身份關係究竟定位何處，非常重要，古人有很隆重的拜師禮，正是因為「師徒關係」是彼此之間非常重要的承諾，如果稱對方為老師，那麼寫信的遣詞用句，就必須謹守學生的分寸，不可有絲毫逾越。

另外是寫信的格式，每一行段落的起頭，到底要空一格還是兩格，信中碰到要稱呼對方的時候，是另起一行，像古文那樣講究，還是就直接寫「您」比較親切？這種種細節我都非常慎重的去搞清楚。

不只信的格式要講究，連信封如何寫，也曾經很傷腦筋，例如，在中式信封上，右邊收件人的地址如果太長要如何分行，郵差才不會看錯，中間收信人的名字，要不要用比較大的字體，是不是要高於右邊的地址，姓名之後，需不需要空行，再寫先生或女士，先生或女士之後，要不要空一字，然後再寫「啟」、「收」等等，都一再參考各種應用文書籍的格式，而後才慎重決定一種自己覺得比較恰當的方法。

因為有過這樣的「摸索」，所以我才知道，原來寫信光是「格式」就有諸多講究，寫給不同的長輩，要有不同的尊稱、問候和署名，寫給平輩或晚輩，當然也有不同的格式和用語，至於手寫文字的字跡，無論如何當然都是力求整潔、漂亮，連用什麼筆也都費了不少心思去講究。

三、寫信的表達方式

雖然用了這麼大功夫寫信，但其實我並不知道，收信的長者會不會回信，尤其是第一次寫信，總是忐忑不安，真是又期待又怕受傷害，怕這些大大有名的詩人、學者、畫家，不會理會我這個冒昧寫信的小子。

所以，除了講究信的格式，最重要的是內容，你寫信給別人，總是要有一個主要的目標，而不能只是表達景仰，起碼，你得是真的有事要說、有話要問。

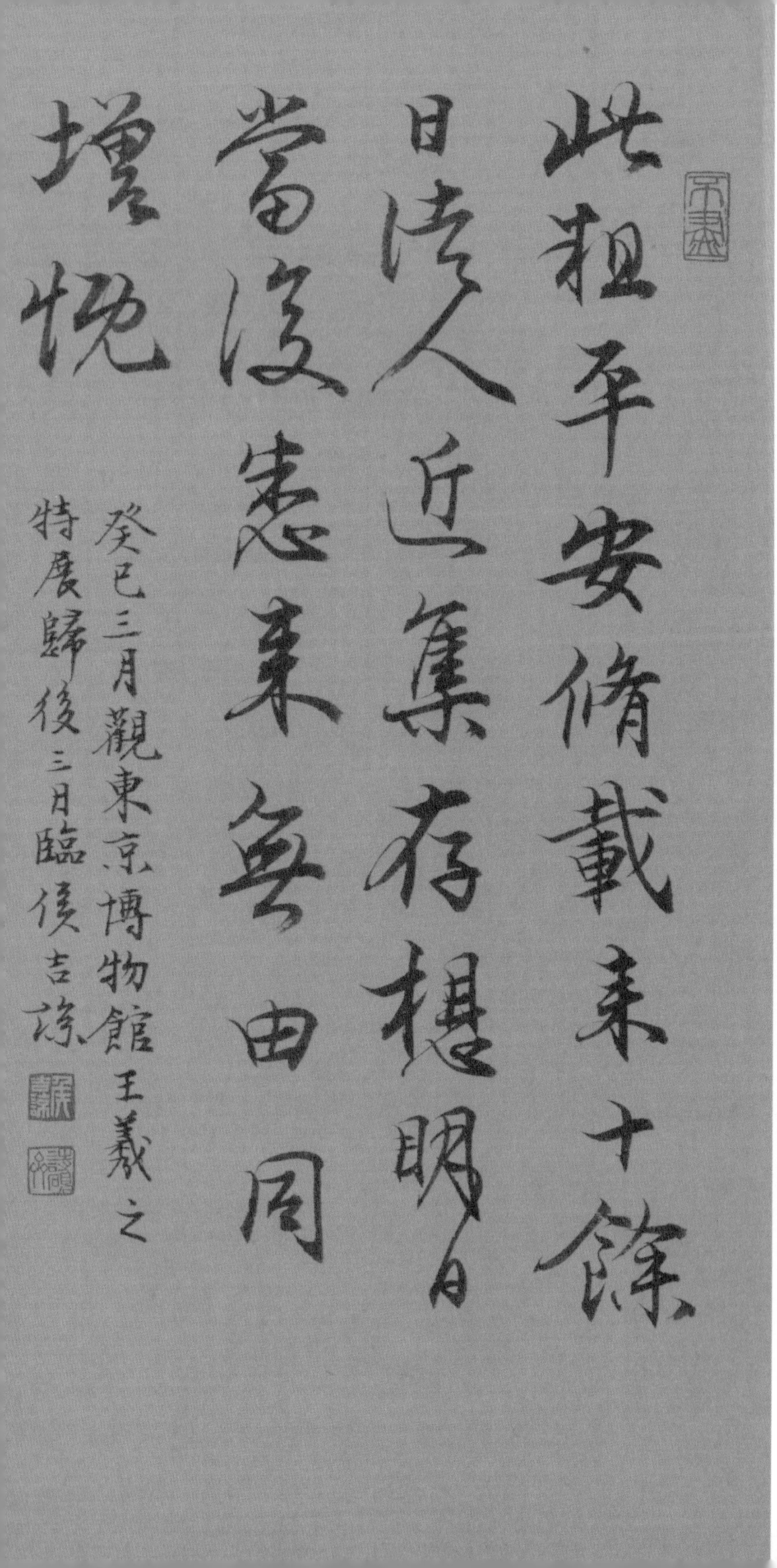

信件中的書法，成為極為珍貴的中華文化。侯吉諒臨王羲之〈平安帖〉。

可是，問的問題也不能太淺、太深、太大、太多，太淺表示你無知，太深，其實常常只是故作成熟，太大，很難回答。寫信是很花時間的事，我想，很少有人會花太多時間給一個素昧平生的陌生人回信。所以寫信的長短也很重要，不能短得像打電報，也不能長得讓人不耐煩，總之，你要考慮到師長們的時間寶貴，不能什麼雞毛蒜皮的事都拿來煩人家。

因此第一封信怎麼寫，實在是非常不容易的事，一封幾百字的信，可能得重複寫數十次，錯字，重來，語氣不對，重來，字寫歪了，重來，文字太平淡，重來，太熱情，重來……，總而言之，一封文詞得體而內容適當的信，絕非想像中那麼容易。

四、從寫信進入寫作的堂奧

然而就是這樣自我訓練的結果，讓我在寫信中慢慢領悟、體會到一些要領，也學會了文字創作的某些本事，什麼樣的文字會得到共鳴，什麼樣的表達方式不會讓人覺得反感，都在這樣不斷重複的摸索中，有了體會。

許多人初學寫作，總是太過表現文筆修辭的華麗，或者太過理直氣壯的表達，好像非得有很美麗的詞藻、直壯的氣勢，才算是文藝創作，對此，我有不同的意見。

任何文字，其存在的理由都是為了「溝通」，你寫詩、小說、散文，也是為了要有話要說，要讓讀者了解或感受到你的文字內容，如果寫的東西晦澀無比，讀者根本很難理解，那就失去了創作理由。

寫信，訓練了我寫作的基本能力——不但能寫，也懂得預測收信人的反應，這種理解文字和閱讀者的能力，大概不是習慣使用網路的現代人可以體會的。

五、網路時代的寫信規矩

現在網路、電子郵件太方便，很多人寫信都不懂禮貌，不但不懂禮貌，而且非常的粗糙野蠻。

寫信不管給誰，最好都要有抬頭（稱呼對方），先問候，然後才是寫信的目的。最後要有祝福、信尾要具名。

如果收信人不認識你，那就一定要先自我介紹。

我常常發現，很多人完全不知道如何自我介紹，什麼話都敢隨便亂說，但寫起自我介紹，就有如千斤重石壓在筆上，不知從何下筆，有的洋洋灑灑一大篇，卻只是寫了很多字，完全沒有提供可以讓人了解你的內容。

我在部落格、臉書、書法班報名，都要求我不認識的人要自我介紹，常常發生一要求自我介紹，人就消失了的事。

這實在是我完全沒有辦法理解的事，一個人，怎麼可以只想和別人交流，而卻堅持不讓人知道你是誰？

有的人說，這是為了保護隱私，這我也完全不能同意，一個人的姓名、性別、年齡、學歷、經歷，這些都不是隱私，而只是一個人的「基本資料」，我們和別人交往交流的時候，最需要的，也不過就是這些基本資料而已，而如果這些基本資料都不願意讓人知道，你又有什麼資格要求別人和你交流呢？

我常常收到許多網路上的留言、電子郵件，共同的特色是，不具名，或具名但沒有自我介紹，或自我介紹是類似「我是一個大學生」這樣空泛，然後就要求轉載文字、作品、要我提供作品、圖片，問毛筆哪裡買、宣紙哪裡買、能不能幫忙鑑定書畫、推薦書法老師等等，要求五花八門，但共同的特色，就是不讓你知道他是誰。

坦白說，很難想像，人與人之間的「交流」可以粗糙到這種程度，而且完全沒有自覺其中有不妥或不對。

透過網路的人際互動，其實和以前透過寫信沒有什麼兩樣，但為什麼許多人用起電子郵件或網站留言，卻可以粗糙到這種程度呢？

古人寫信，必然以最敬重的態度為之。侯吉諒臨王羲之〈快雪時晴帖〉。

羲之頓首快雪時晴佳想
安善未果為結力不次王
羲之頓首

山陰張侯

癸巳三月春陽快然如洗冬寒盡去臨書是帖
頗得筆墨精良之樂侯吉諒並記

我覺得原因有兩個，一是這樣的人根本不是為了和任何人溝通交流，他只是粗糙的要表達意見、索取資料或獲得資訊，二是匿名的特性，讓人不知不覺在匿名的情形下為所欲為。

自從網路成為人們最重要的媒體、通訊工具以後，網路匿名已經成為惡意攻擊者、惡意留言的最佳保護方式，太多人因為匿名而覺得不論做什麼、說什麼，都可以不被抓到而為所欲為。這樣的人在匿名時表現得非常理直氣壯，但實際上卻正是懦弱甚至卑鄙的表現，所以偏激的言論，幾乎都出現在匿名前提下。

光明正大的言行，不需要匿名的掩護。

網路匿名讓許多人在不知不覺中養成了負面的人格，任何在真實身份下不敢說不敢做的，都可能因為匿名的「安全」，而變得毫無顧忌，但這種負面的言行、心理，不會只存在於使用網路的時候，一旦有了這種負面的心態，即便離開網路，仍然會繼續影響一個人的人格，而匿名的負面效應也因此而「鬼上身」了。

網路禮節是一個法令來不及規範的新生事物，所以很難有適當的法律讓網路使用者遵守，就目前來說，只能靠大家的自覺，靠真實世界的修養來修正，因為隨便使用網路帶來的偏差。

六、寫信反應的是整體修養

寫信是一件很小的事，但反應的卻是一個人的整體修養。我每次收到長者的來信，每每要反省自己，這位師長為什麼要回我的信，我是哪裡做對了，所以他願意回我的信？如果沒有收到回信，也反省為什麼沒有收到回信，是師長太忙沒空回信，還是自己的信件有所不妥，所以師長不予回覆？

在信件的回覆與不回覆之間，其實就蘊含了許多做人的道理，如果連這些都不懂，又如何能夠「修書問道」呢？

寫信「曾經」是一件非常重要的事，書信往來為人類累積了無數珍貴的文明與文化遺產，以書法來說，王羲之、王獻之、蘇東坡、黃山谷、趙孟頫這些書法大師們最好的書法幾乎全部都是信件，如果沒有了這些信件，我們很難想像然當時的文人丰采是何等光耀奪目，而網路發達之後，無論電子郵件或留言式的信件往往都不被重視，也很難留存，人與人之間「修書問道」的心情，恐怕就更難期待了吧？

『師徒與師生』

多年前，一位學生遠道拜師，感於她的誠意，所以重拾舊業，又開起書法班來，後來學生越來越多，也漸漸有了一點麻煩。

老實說，我教書法的心情其實滿矛盾的，許多人雖然想學書法，只是想淺嘗即止，甚至根本就是抱著「想學個才藝」的態度，這和我期待的「師徒關係」，有很大的距離。

一、師徒不是師生關係

在現代的社會關係裡，「師徒」的關係大概是很少有人能了解的了。「師徒」不是現在的學校裡的師生關係，更不是補習班那種販賣知識的師生關係，而是傳統學藝問道的，所謂「一日為師、終身為父」的那種師父傾囊相授、徒弟全心學習的關係。

歷史上最有名的師徒關係，當然是孔子與他的七十二名弟子，學生追隨老師周遊列國，問道於生活之中，那當然不是現在人在學校裡上課可以想像的境界。

現代人最可以說明什麼「師徒」關係的，大概是江兆申先生和他的學生們。

一九九一年開始，我有幸跟隨江兆申先生學習書畫，於是漸漸把所有雜事排開，以便可以在老師找我的時候「隨傳隨到」。

那時候江老師已經從故宮退休，搬到埔里居住，每兩星期回台北一次，一般是周五中午回台北，周一中午回埔里，在台北的的三天時間，行程大都排得滿滿的，要去醫院固定門診、拿藥，周日上下午各有一堂課，應酬就排在晚上。

我那時在聯合報工作，下午一點開始上班。我一般都是周五中午到南港老師家，送他去國泰醫院門診，之後趕去上班，下班時如果老師有應酬叫我作陪就去餐廳，沒應酬的話，有時老師會叫我去家裡吃飯，喝點小酒，陪他看看電視。老師生活規律，九點多就睡覺，於是告辭回家。

周六早上再到老師家，看他畫畫寫字，中午陪老師吃中飯，接著再去上班，如果有晚上的應酬，就再去餐廳。

星期日早上是我們上課的時間，通常是早上八點開始，到中午十二點。下了課，一般都去忠孝東路明耀百貨後面巷子的一家餐廳吃飯，飯後大都也都會去李義弘師兄的畫室聊天喝茶，李義弘的畫室非常寬敞，四五個大男人累了就躺在地板上休息也不會覺得擁擠。一般回到家都是四五點了。

茶原翰墨
江兆申夫人章桂娜女士
捐贈書畫篆刻展
The Art of Chiang
Paintings, Calligraphy
Mrs. Chiang Chang
展　期：2010/04/01 ~ 2010/06/2
陳列室：210、212室（5月14日
partial display change on May 14)

星期一早上，我再到老師家，看老師畫畫寫字，中午飯後再去上班。

老師不在台北的那個星期，大都會分批約學生下去埔里，因此我大概一個多月就會去一次，台北埔里一趟交通時間大約四個多小時，所以一般會安排至少三天兩夜。

如果誰太久沒去埔里，老師就會要他安排時間，開車載他去埔里，老師不說原因，其實大家都知道老師在盯學生了。

因為這樣，所以我得空出許多時間，才有辦法侍奉陪伴江老師。因此，我漸漸把許多事情都取消，除了在聯合報的工作必須維持外，其他的事情大都取消了。

那個時候我做的事情還滿多的，除了聯合報的工作，還幫兩三家出版社規畫、監督出版業務，還幫忙做一些雜誌的編輯，以及廣告的企畫執行等等，雖然都只是幫忙性質的事情，但這些工作的報酬加起來一年大概有二百萬左右，是我當時在聯合報薪水的數倍。然而，為了可以空出時間和江老師學習，我毫不猶疑的放掉那些工作。

簡單來說，為了可以和江老師學習，我放棄一年兩百萬的收入。

當時似乎也沒有計算太多，只是覺得錢可以再賺，但能夠和江老師學習的機會實在是太難得，當然要緊緊把握。

那時有少數朋友知道我花了這麼多的時間和江老師學習，都覺得不可思議，我自己卻認為一點都不奇怪。因為不可能有第二個江老師這樣的老師，在中國書畫的學問上這麼淵博，創作這麼精采，而且教學完全不藏私。

直到一九九六年江老師到蒙古、東北旅行，在瀋陽因心肌梗塞病發猝逝，我跟隨江老師的五年時間，完全沒有缺席過。

江老師的過世，對書畫界來說，是重大的損失，然而，恐怕只有他的學生才知道，失去的是什麼。

也有一些朋友知道我跟隨江老師的情形，頗為佩服。但我自己知道，在老師的學生中，我並不是最認真的，我入門的時候，有許多師兄已經跟隨江老師超過三十年，也早就是台灣的名家、大師，但他們依然兩星期來上課，沒見過誰請假的。

有的師兄師姐遠在南部，上課要前一天就到台北來，這樣南北長途來往實在辛苦，但他們依然是數十年如一日。

二、成為徒弟才能入門

我參觀過一些書畫團體上課的情形，老師畫畫寫字的時候，大部份的學生都坐著看老師示範，但似乎只有少數是認真的，許多人甚至聊天聊得極其忘形。

江老師上課的時候學生幾乎全部都是站著，因為只有站著才能看清楚老師下筆的方式，一個早上四小時下來，只有在老師停筆休息的時候，大家才會交談，不然，安靜的畫室內，就只聽見老師的筆在紙上畫過的「沙沙沙」的聲音。

老師畫畫的時候，才有時畫到紙邊，常常看到站得近的師兄一個手指頭就伸了出去，幫老師把紙壓平，老師的筆畫過去，手指就輕輕的離開，絕對不會影響老師的畫畫節奏，這種默契，只有師徒之間相互了解到一定程度了，才有可能出現，當然，也只有極其認真的觀察老師的動作，才有辦法產生這個互動。

寫字的時候，這種默契更是表現的極為明顯。師兄不但要幫老師拉紙，還要照顧紙張的平順，以及抄寫內容的順序進度，以便讓老師寫字可以一氣呵成。寫書法最重要的是一氣呵成，但最難的也是一氣呵成，因為長條式的書寫需要不時的把紙張往前移動，才能繼續寫，如果沒有人幫忙，就得寫一寫就停下來移紙，所以老師寫字的時候，通常會叫學生幫忙。

但拉紙不容易，要了解寫的內容、也要知道寫的技術，尤其是寫到底端的時候，要不要往上拉，讓沒有寫到一個節奏的句子繼續寫下去，

——「師徒」是傳統學藝問道的，師父傾囊相授、徒弟全心學習的關係。（陳勇佑攝影）

這就需要相當的經驗。師兄們跟隨老師二三十年，了解老師的習慣，什麼時候要拉紙、拉的幅度多大，都控制得恰到好處。有時老師才寫完一個字的最後一筆，紙張就迅速拉到下一個字落筆的地方，其精準的程度常常讓我看得驚訝無比。

但幫老師拉紙是很重要的訓練，因為一方面要非常留意老師寫字的節奏，一方面也要判斷他的節奏，並從老師寫字的順暢與否檢驗自己的判斷是不是正確，這樣一來，就等於是在學習、體會老師寫字的節奏。寫字的節奏，是寫書法的一大秘訣，也可以說是一個人書法能不能進入創作階段的重要關卡。

三、「尊師重道」不只是禮節

寫字畫畫是不能受到干擾的，我很佩服那些學生一直講話但依然能畫畫寫字的老師們的好脾氣，但也覺得老師不要求、教導學生尊重創作是不對的。

至少，上課的時候要認真，再至少，老師示範的時候要安靜，這應該是最起碼的基本態度，上書畫課不能只教技術而不教態度和觀念，否則學生們永遠無法學會正確的觀念與態度。

中國人從小沒有接受多少美學的教育，對書畫的欣賞能力只停留在字寫得端不端正、畫得像不像的幼稚園階段，但一般對書畫又有很多自己的意見，這些，是學習書畫時都要糾正的東西。

在古人學藝的過程中，首先教的是做人，而後才是知識與學問，這種教育方式，有其深刻的意義。

現代的教育制度固然讓所有的人都有機會受教育，但學校的體制卻只能教知識，很難及於其他，尤其是現在媒體發達，各種知識、觀念、價值觀都有，學校裡很難像二三十年前那樣，灌輸學生比較正統、正面的價值觀，有的學生甚至瞧不起老師，有的老師也的確不能勝任，凡此種種長期累積下來，我們的社會慢慢就失去了師道的尊嚴與功能，老師與學生之間，甚至變質為知識的買賣的關係，完全喪失了「傳道」的可能。

「尊師重道」強調的不只是禮節，而是一種文化、價值觀念的傳承，那裡面不只是知識技術的學習，更是人格、修養、觀念的全部啟發，這也就是「師徒關係」無比珍貴的地方。

在古人學藝的過程中，首先教的是做人，而後才是知識與學問。（陳勇佑攝影）

〖道家王淮〗

一、思想的啓蒙

在我成長的過程中，很幸運的，在各個領域都有當代最傑出的大師引導教誨。大學時代，剛剛開始寫詩的時候，就獲得余光中、洛夫的指導，書法則在王建安老師每天的訓練下，有了扎實的基礎，畢業工作後，為了追求更深厚的藝術境界，於是潛心書畫篆刻，也幸運的受到臺靜農先生的指點，更得以拜在江兆申老師門下。

除了前述幾位，還有更多的前輩名家，都教導過我各類的知識技藝，在同輩創作者中，在某一方面和我相同經驗的固然不少，但要同時在各方面都有這種際遇的，我想不會太多，甚至可以說，我大概是唯一的例子。

這些老師們的作品、為人，都讓我在文藝的追求上得到無限的啟發，他們在各自領域的成就，如同燈塔一般，讓我不致在茫茫的藝術大海中迷途，當然也成為我追隨的目標。

不過，我從來不滿足於只是追隨老師，創作最重要的，就是開創自己的風格，但在學生時代，對一個剛剛踏入文藝創作之路的年輕人來說，如何才能創造自己的風格，甚至怎麼知道自己有沒有創作的天份，能不能有成績、值不值得義無反顧的投入，卻是最大的困惑。

我真的很幸運，因為，在那個時候，我碰到了一位在思想領域上影響我一生的老師——王淮老師。

記得那是大三的時候，聽中文系的同學講，他們系上有一位非常精采地教中國思想史的老師，一句論語可以講解二小時，建議我不妨去旁聽。

我去了，而且就在我去旁聽的第一堂課，聽說向來不點名也不記得學生名字的王老師竟然走到我的座位，問，「你哪裡來的？」

很快中文系同學知道了這件事，直說不可思議。

因為王老師夜間部的課不但日間部的學生會來聽，連東海、靜宜、逢甲的學生，都會長期旁聽這位據說是哲學大師牟宗三最得意的弟子的課，所以不管有沒有選這門課，都要早早去佔位置，因為學生太多，王老師根本不會注意誰來聽他的課，而王老師居然會來問我是哪裡來的學生，實在很稀罕。

二、聊天的智慧

就是這麼一個小小的舉動，讓我覺得，王老師不像中文系同學說的那麼高不可幾，於是，在上了幾次課以後，我就鼓起勇氣，跟著其他中文系的同學到王老師的宿舍去「敲門」。

王老師住在學校的宿舍裡，門雖設而常開，只要學生扣門，沒有不讓進的。

去過幾次以後，我就單獨行動了，有空就去王老師那裡聊天。從此改上課為聊天，比起老師上課時一句論語可以講二小時的精密分析，和王老師聊天，只有「天馬行空」可以形容，那不是上課，也不是傳授功夫，根本就是知識灌頂，生命與靈魂的直接對話。

但對一個讀食品科學系的學生來說，和王老師聊天非常辛苦，因為經常不知道他在說什麼，順口而出的，究竟引用了什麼經典。

大概是那個時候開始，我拚命地讀四書五經，尤其是《老子》、《莊子》，更是不管懂不懂，先讀了再說。

其他書還好，《老子》可是精讀細背的，因為這是王老師老師的本家行當。他就出過這麼一本《老子探義》，據說是他大學時就寫好的東西，寫好了也不想發表，這麼一擱就十來年，直到教授升等要有著作，才不得不拿出來出版。

在王老師身上，我第一次領略天才是怎麼一回事，後來，在江兆申老師那裡，我再度知道什麼叫天才。原來天才不只是聰明，而是有一種特別的能力，可以輕易穿透一般人無法理解或必須困難學習的領域。

江兆申老師保存著一件他十一歲時初學篆書的作品，在短短二小時之內，他經由父親、舅舅的示範，就準確掌握到篆書的技巧，書寫筆跡明顯進步。

三、天才是難以想像的

我曾經和王老師提過這種天才的發現，他只淡淡的說，你要相信，天才是難以想像的。就是這樣淡然的態度，使我知道，原來一個人的才能，有無限可能。

王老師本身的天份，在我看，最粗淺的，是對古文的理解能力，而後是對古人思想模式的穿透能力，許多苦澀艱深的古文，王老師三言兩語的就交代得清清楚楚，真不明白為什麼有人可以在學生的年紀，就把《老子》那麼深奧的東西，分析得明明白白。

王老師上課的時候，常常講一些許多學生喜歡的「名言」，例如，他常常說：「人的本質是孤獨的，但生活可以孤獨而不寂寞。」

「如何可能」才能做到「孤獨而不寂寞」呢？那就要讓自己的心靈強大，所以「交朋友也要交那種有強大心靈的」。這是王老師的強人哲學。

王老師並不教我寫詩、寫文章、繪畫、寫書法，但他教我思考的能力，那是更根本的、可以圓滿自足的能力。

其他許多老師教我的東西，我當下不見得知道有多重要，但王老師教的東西，我知道，是一輩子都用得上的，也是要用一輩子去學習的能力。

四、不平凡的美學

所以，畢業以後，我仍然常常去找王老師，問他一些當時的困惑，也從他的生活態度中，領略一種非常超脫常俗的、不平凡的美學。

王老師在新店花園新城有一棟公寓，他大概每隔一兩個月會從台中上來，或是寒暑假的時候來住一陣子。還沒開車的時候，我常常騎摩托車去，和王老師亂聊，抽他的新樂園、喝他那種特別濃的茶，彷彿學生時代，在他的宿舍裡，沒有預設立場、目的地聊天。

不知道為什麼，許多當時覺得無法突破的人生的困惑、工作的困境，總是在和王老師見面後，就很輕易的渡過、克服。

王老師談中國思想，也談現實的政治，更談人生的態度，他對人世的一切興衰起落，都有很準確的預測，是最厲害的「趨勢專家」，也是最高明的哲學家。我最佩服和嚮往的，就是他這種「看穿真相」的能力。許多學生都可以從他上課的精密分析學到這種綿密嚴謹的推理。

王老師上課很精采，他的名言是，「思想和數學一樣，小數點都不能錯過。」所以他教中國思想史的時候，論語孟子的一句話可以講二個小時，細細推論、不斷反覆辯論，一堂課上下來，就好像做了一次心靈的三溫暖。

但我知道自己的程度太差，沒受什麼古典文學的訓練，一個科目一個科目的上課來不及，所以得自己想辦法趕上中文系同學的進度。因此我在練書法、寫現代詩和做實驗的空檔，開始大量閱讀古代經典。

那時中興大學剛剛蓋好漢寶德設計的圖書館，許多同學都喜歡到圖書館讀書和談戀愛，我則只去圖書館借書和查資料，那是高中在成大圖書館就養成的習慣，高二時，我姐姐從台大圖書館系畢業，就開始在成大圖書館工作，因為這樣的原因，我知道圖書館的功用不應該只是一個讓大家念書的地方，更是一個查資料的地方。

也就大三那年，上了「流體熱力學」這堂課，那位老師第一堂課說的話，至今依然深刻，他說：「我今天教你們的東西，都是二三十年前就已經發展完成的老知識，你們其實可以自己查資料就可以，但還是要上課的原因，是我的課要教你們自己閱讀和查資料，自己教自己，比老師教的還要重要，但是要有方法。」

我想到王淮老師心中那深不可測的學問，忽然明白，上王老師的課非常幸運，但也非常浪費老師的才學，重點是，不應該只期待和滿足於老師的說文解字和精密分析，而是儘量充實自己的基本能力，這樣，才能領略他看似靈光一閃、其實是深思熟慮的智慧。

於是我開始去圖書館，和王老師聊天不懂的東西，心中記起來，然後趕快到圖書館查資料。

久而久之，這樣的方法，就變成我的習慣了。

五、讀不盡的《老子探義》

和王老師聊天，還無意中訓練了我一個在同輩中少有的「聽音辨意」的能力。

王老師是安徽人，鄉音頗重，所以不容易明白他說的是什麼，幸好引經據典的時候都是「似曾相識」的句子，猜一下也就大致明白他說的是什麼，這樣一來，也就慢慢聽懂他的意思，「聽音辨意」的能力也就增加了。

這「聽音辨意」的能力帶給我許多好處，尤其是和長輩們聊天的時候，方便許多。因為工作和興趣的關係，我認識許多文藝界的前輩，和他們的往來比和同輩的朋友更多，他們大都也很喜歡和我聊天，除了懂他們會的東西，我想更重要的，是我聽得懂他們的鄉音。

更妙的是，在我往來的長輩中，我還注意到，雖然各個省份的都有，但以安徽居多——江兆申，安徽黃山人；臺靜農，安徽霍丘；汪中，安徽桐城；詩人張默，安徽無為；聯合報的老長官劉國瑞、安徽瀘江；劉昌平、安徽舒城；季野，安徽無為，我和安徽人似乎特別有緣，而和他們講話之所以沒有什麼困難，全部都是因為王老師是安徽人。

這種特殊的經驗，使我相信，人與人之間，確實有一種難以說明的緣份存在。

王老師退休以後，我們還偶而見面，記得最後一次見面的時候問他，有沒有想要回家鄉去住？沒想到王老師說還是要留在台灣。

一九九五年以後，因為台灣的政治變動和海峽兩岸關係的演化，許多當年動亂時期隨軍隊或政府來台的老師們都移民國外，他們害怕戰爭的心理，我很能理解，而同時告老還鄉的心理，也是人情應有的心理，所以我問王老師，有沒有想要回安徽長住？

王老師回答說，在中國歷史上，台灣現在的狀況，是最「有趣」的情形，他要留下來好好看一看台灣人的智慧與發展。

當時我對政治對立、衝突日激、國力空轉的台灣原本感到憂心，不知道為什麼，王老師的這番話，竟然覺得台灣還是有希望的。

後來的幾年，我因為工作、人生的際遇都有極大的轉變，需要耗費全部的力氣去面對新的挑戰，就再也疏於和王老師聯絡。但想到王老師還在台灣，就對整體社會和自己有所信心。

二〇〇九年九月底，突然接到王老師家人的信，說老師突然走了。

王老師的家人寫信給我說，王老師退休後一直獨居於台中中興大學附近的復興街，過著「孤單但是不孤獨」的自在生活，菸不離手、釅茶不斷。

九月十九日傍晚感不適，住進台南成大醫院，醫師未能來得及幫他作正式檢查，於九月二十一日凌晨四點三十六分撒手人寰。

老人家面容安祥一如他的行事作風，揮一揮衣袖乘化而去。

家人對於王老師的後事處理，順應王老師的作風，不應俗禮、不發訃文、不收奠儀，火化後，另日再將老人家骨灰一部分帶至黃山之巔及淮河之水，另一部份將帶至台灣東部的湛藍太平洋之濱。

王老師是我平生所見最瀟灑之人，其於生死大事，竟亦如是灑脫！

我知道王老師過世的時候，實在是無法相信，也來不及去見他最後一面。

說起來，真是讓人覺得遺憾。這十年來，我最常常想念的，就是王老師，可是，卻無從找起。因為我記的幾個電話總是找不到他，我認識的同學朋友，也沒人認識他，所以，十年前那次在花園新城見過王老師後，就再也沒見過他了。

當然，要找王老師，也沒那麼難，只是我和老師一直是這種「電話打通了你就來」的見面法，所以從來沒刻意去尋找他，總是覺得，太刻意尋找，不像是老師的學生應該有的風格。在這十來年的時間裡，我總是這樣安慰自己，也總是想著，什麼時候時間對了，就自然碰面了。

當然，這也只能是我自己強作解釋的理由了，王老師走了，遺憾是無法補救的。

不過，老師如果知道我這麼想念他，常常一遍一遍地「讀不完」他的《老子探義》，大概還是會微笑的吧。

—王淮著作書影。

朱龍盦及其他

一、境界的存在

對我來說，朱龍盦這個名字曾經是一個模糊的「境界的存在」。

一九七八年，我大一的時候，我們的國文老師朱玄有一次請全班同學到她彰化的家玩，在那個古舊的日式房子中，我第一次看到朱龍盦這個名字。

朱老師說，那是她父親，已經過世了。

那時，我開始認真的學習書法，但最大的興趣是寫詩、看很多現代文學健將的文章，對蓬勃發展的現代文學和充滿朝氣的現代繪畫有很大的興趣。朱家牆上朱龍盦先生古樸的禮器碑引起我很大的興趣，甚至在很長的時間內，朱龍盦的隸書對我而言，幾乎等於古老書法的「活化」。

那時流行的書法是顏真卿和柳公權，連大部份的手寫廣告招牌字都是顏柳的風格。以致讓人很厭惡這兩位書法家，甚至從而排斥書法，我也不例外。當然那時不明白，廣告招牌的字是油漆畫出來的，早就沒有了書法的自然流暢。

那時也沒有多少字帖可以選擇，大都是翻印再翻印碑刻本，字體僵化而無生氣。但朱龍盦的隸書卻像「活的書法」那樣，雖然字形字體很古老，但卻是活的，因為朱龍盦的隸書是「寫」出來的，一筆一畫，都可以感受到毛筆在紙張上面運動的痕跡。多年以後，我長久臨習禮器碑，想要達到的，就是朱龍盦的境界。

可是對一個沒有受過藝術訓練、對台灣藝文環境不熟悉、對中國傳統書畫文化也很陌生的大學生來說，其實朱龍盦代表著什麼，我當時也並不明白。

二、更深入了解中國書畫

很多年以後，我決定更深入了解中國書畫，系統化了解整個傳統書畫的演變。從晉朝的書法、宋朝的繪畫開始，我第一次「真正」感受到傳統書畫的博大精深，有了「藝海浩瀚、如何可追」的茫然與感嘆。

一九九一年跟隨江兆申老師學習之後，我仔細重讀了江老師的文字著作《關於唐寅的研究》、《雙谿讀畫隨筆》、《文徵明行誼與明中葉以後之蘇州畫壇》，從文字到書法到繪畫，比較完整的了解明朝《吳門畫派》的整體面貌與個人風格之間的關係，開始了解每一件書畫作品後面，都有一個更精采的人的故事，例如唐伯虎其實並沒有那麼風流瀟灑，甚至連「唐伯虎點秋香」這個故事都是假的，但唐伯虎的書畫對我來說，反而因此更有吸引力。

從吳門畫派，我慢慢上溯「元四大家」：黃公望、吳鎮、倪瓚、王蒙的繪畫，再追溯到趙孟頫，一直到北宋的偉大山水。

在了解傳統繪畫演變的同時，我從江老師的作品中，不斷看到古人的筆墨如何化作眼前的山水，江兆申老師畫的那些畫，雖然是同樣的筆墨、造型，但整體風格和古人的畫非常不同。這樣的轉變從何而來、因何而生，是我當時每天在自己畫畫寫字時不斷重複思考的問題。

江兆申老師的書法也常常讓我有這種感覺，他的字，只要是臨摹古人的經典，就一定非常非常接近原作，但卻一點都不生硬僵化，彷彿那些字是他原來的字體。這個工夫讓我回想到記憶已經非常依稀的朱龍盦，在彰化那個日式房子中看到的禮器碑，那是在其他書法家的作品中很少很少可能看到的氣息。

三、寂寞朱龍盦

二〇一一年八月，【朱龍盦一百〇五歲紀念展】在歷史博物館展出，我終於在展場看到記憶中的禮器碑，還是那樣大氣雄渾、自然流暢。

但我還是非常訝異朱龍盦在那樣的年歲就創作了那樣數量龐大的書畫。即使以現在的眼光來看，放眼當今，朱龍盦的書畫還是數一數二。

朱先生過世得早，一九七五年就走了。那時，台灣現代化的腳步正剛剛開始，年輕文化人的熱情慢慢集中在「新」的事物上，大家有興趣的是現代詩、現代舞、現代畫，而再過十年，台灣的股票市場從數百點到破萬點，經濟的熱河淹沒了所有藝術的關注，朱龍盦的書法、繪畫、古琴、篆刻雖然精彩，但生不逢時。

至少，三十多年來很少聽到有人談到過朱龍盦，因為時代的潮流剛好在這三十年間有了很大的轉彎——台灣各方面都急速現代化了，傳統文化的價值在政治、經濟的雙重變動下，有意無意間被冷落了。

傳統文化被冷落的結果，是台灣整體文化的低落。二三十年來，台灣整體的文化很明顯處於一種迷失的狀態中，講到傳統，大家總是一臉茫然，講到現代，又腦袋一片空白，如果問，可以代表台灣文化的是什麼，更可能不知如何反應。

其實，在朱龍盦紀念展展場，就很容易看到這種現象，我去看展覽的時候，歷史博物館人不少，遺憾的是，大部份都是看畢卡索的。我的許多學生去展覽的時候，也都有相同的經驗。

這麼多年來，台灣的大型展覽，已經被炒作成不折不扣的商業行為，而不是文化的或美術的展覽，賣門票、賣週邊商品的利益收入重點，展覽本身可以帶給觀眾什麼，早就不重要了。

如同最熱門的黃公望〈富春山居圖〉特展，那麼擁擠的人潮，不斷被催趕向前移動，這樣的展覽只是消耗了觀眾的熱情而已。

相對來說，朱龍盦的紀念展就精采多了。一百多件的書、畫、篆刻、古琴，一個何等豐實的儒雅的世界。

在展覽大廳看了一圈，顧場的小姐過來說，「我看你看得很仔細，提醒一下，還有另外二個房間，也有作品。」

我很訝異有人在展覽會場如此仔細觀察觀眾的反應，我想，也許這位小姐也的確覺得，這樣的展覽不仔細看，實在太可惜。原來，重視自己文化人和他們的作品，也可以這樣輕易做到。

〖大和尚寫字〗

一、大和尚為什麼要寫書法？

近幾年，幾位大法師特別著意書法，年節時總會見到他們的書法到處張貼，在越來越俗惡的印刷春聯中，特別讓人覺得樸拙的清雅。

是的，樸拙，不管佛光山的星雲、法鼓山的聖嚴，還是其他法師，他們的字，都不是訓練有素、技術精到的書法，他們的字之所以受到喜歡，當然無非他們是當代高僧。

大和尚寫的字，對一般人來說，總有幾分招祥納福、消災解厄的「法力」，不管信不信佛，大眾總認為，大和尚寫的字比較能「保平安」。

在生活週遭，常常看到這些大和尚寫的字，因此免不了常常看著他們的字，就浮現許多好奇。

好奇他們為什麼要寫書法，寫書法對他們來說，有什麼意義。

二、書法史上，會寫字的和尚很多

在書法史上，會寫字的和尚很多，最有名的，應該就是唐朝李白寫

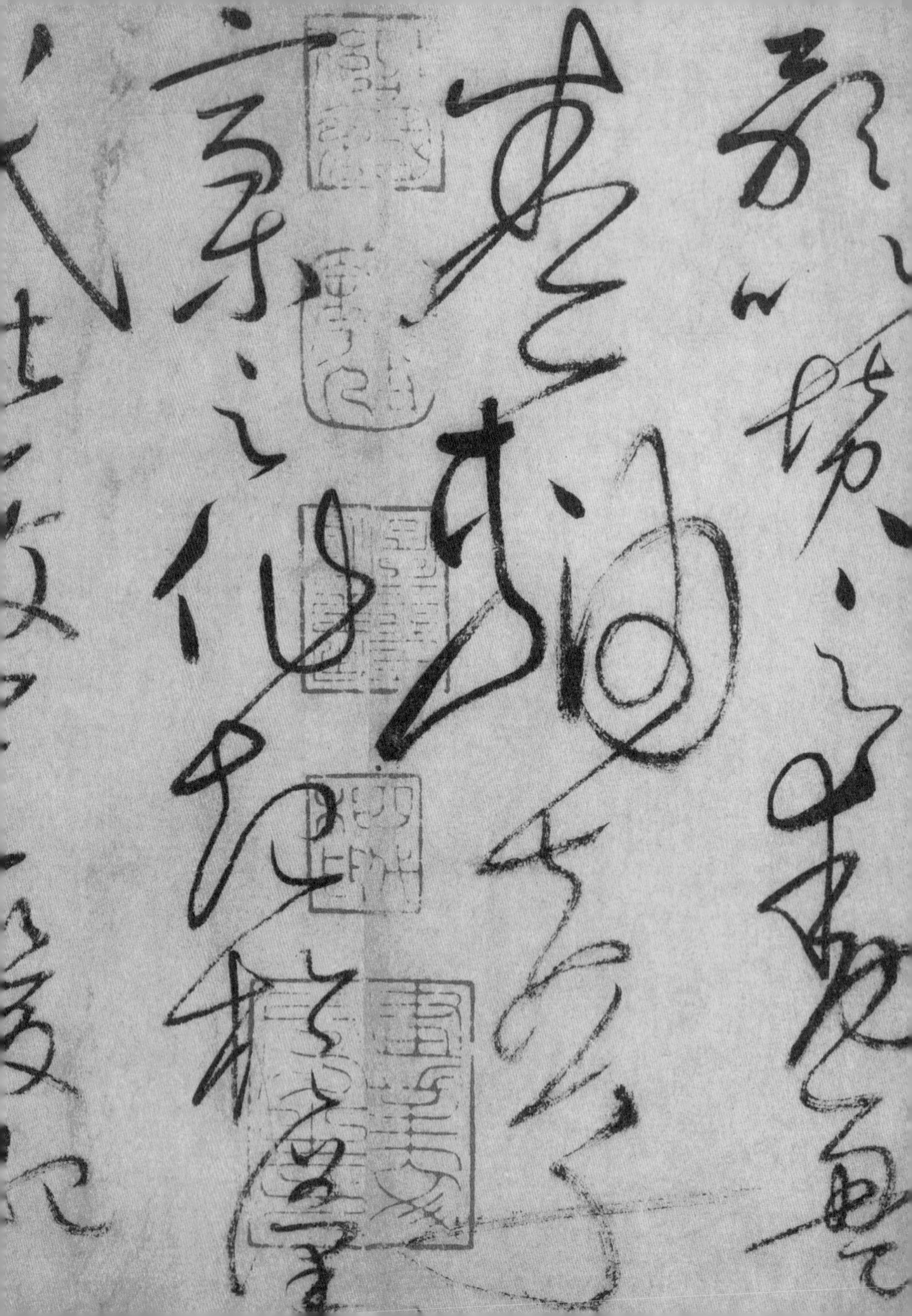

詩讚美過「草書天下稱獨步」的懷素。懷素的《自敘帖》是書法史上難得一見的草書長卷，其成就千餘年來無人可以超越。

當然，傳為王羲之第七代子孫的智永禪師，也是書法史上赫赫有名的人物，他的真草千字文是書法的最佳範本之一，馮武《書法正傳》上說：「智永為羲之七代孫，妙傳家法，為隋唐學書者宗匠。住吳興永欣寺，登樓不下四十餘年，積年臨書《千字文》得八百本，江東諸寺，各施一本。所退筆頭，置之竹簏。簏受一石餘，而五簏皆滿。取而瘞之，號退筆冢。求書者如市，所居戶限，為之穿穴，乃用鐵葉裹之，人謂之鐵門限。」都是至今為人津津樂道的故事。

晚唐還有一位和尚「高閑上人」，可能受到懷素的影響，也喜歡寫草書，可惜寫得並不是很好，但卻因此出現了一篇非常重要的書法論文，那就就是韓愈寫的〈送高閑上人序〉，韓愈在文章中說：「往時張旭善草書，不治他伎，喜怒、窘窮、憂悲、愉佚、怨恨、思慕、酣醉、無聊不平，有動於心，必於草書焉發之。觀於物，見山水、崖谷、鳥獸、蟲魚、草木之花實、日月、列星、風雨、水火、雷霆、霹靂、歌舞、戰鬥，天地事物之變，可喜可愕，一寓於書。故旭之書，變動猶鬼神，不可端倪，以此終其身，而名後世。」簡直把書法可以表現的內容，提升到無以復加的地步，當然也因此可以理解，在古人心中，書法具有多麼不可思議的功能。

所有高僧中，我最不明白的，是拋棄了人間所有一切色相執著的弘一大師，不知為什麼，他對書法始終未能忘情，所以留下了難以計數的書法作品，讓我們庶幾可以感受到一代高僧的風範。

弘一大師的書法有非常堅實的基礎，他的魏碑寫得非常道地，〈張猛龍碑〉用筆險峻、結構奇詭的風格，寫得非常透澈，但就是這樣的原始、剛烈的字體，竟然被弘一大師轉換成綿裡針那樣看似柔若無骨、實則勁道內蓄的風格。

三、星雲大師的書法

比較起來，星雲大師寫的字，就更「素人」一些，或者更可以乾脆說星雲的字，就是素人書法。

當然，如果星雲不是大師，而只是普通的和尚，或許他寫的字不會有這麼多人關注，如果他不是信眾滿天下的佛光山開山者，他的書法也不可能這樣世界各國到處巡迴展。

很多人說他們看到星雲寫字，如何如何感動，我想，感動的原因，也可能是因為他是大和尚。

如果換是別的和尚寫字，或許給人的感動就不會那麼多。

這就是宗教的力量，就算是再平常的一句話，從大和尚嘴裡出來，就似乎特別有道理。

我看星雲大師寫字，也的確有些感動，感動的當然不是他寫的字有多好，也不是他寫的句子有多麼啟發人心，更不是因為他是大師，所以就感動。

我感動的，是星雲大師對寫字這件事的執著，他寫得好不好，有沒有書法價值，他應該有自知之明的。然而，他還是繼續在寫，而且默許他的徒子徒孫們，這麼大力宣傳他的書法。我個人的猜測是，對星雲來說，書法是一條與大眾結緣的大道，透過書法，他可以和許多從未謀面的信眾對話。

那是一種沈默的心靈溝通，透過書法的線條、結構與文字意涵，讓看字的人專心注視書法，深思文字的內涵，而忘卻俗塵、沉澱心靈。這是宗教的力量，也是書法的力量。

書法是所有藝術中，最容易體現「當下即是」的，下筆不能悔改、只能前進，一如時間的永不停止。因為眼睛不好，所以星雲大師寫字必須一氣呵成，不能半途停頓，否則沒辦法掌握字形結構和位置，只能一筆而下，一筆完成，所以號稱「一筆書」。

不過，在〈星雲大師一筆書〉專刊上，有一段醒目的「編按」，說「星雲大師罹患糖尿病四十餘年，致近年視力模糊，但依舊揮毫不輟，並憑藉『心眼』和『法眼』齊用，成就獨門『一筆字』書法絕學」。

從專業角度，坦白說，我對這樣的編按並不認同，覺得實在過譽。星雲大師的成就、地位已經夠崇高，不需要，也沒有必要這種過度的讚美。

過譽還無所謂，主要是會誤導人們對書法的正確認識。

因為就書寫的技術來說，所謂「一筆書」，其實只是很自然的寫字方式。

受到錯誤的楷書寫法的影響，很多人認為，寫毛筆字就應該是一筆一畫的寫，刻意描繪一筆一畫的形狀，然後搭架組織起來，成為一個字，他們這樣認為，也這樣寫。這樣寫字，可能好看，但沒有味道，因為字不是這樣寫的，字是要一個字一個字寫，甚至是一句一句寫的。

古人用毛筆寫字，無論寫信、寫草稿、寫文稿，甚至寫給皇帝的奏折、店家做生意的帳本，當然都是一句一句寫的，古人寫書法，很少是現代人寫楷書那樣，一筆一畫，寫一個字要花三分鐘那樣寫字的。

所以對熟悉毛筆正確使用方式的人而言，所謂「一筆字」實在不能算是什麼獨特的工夫，更不需要什麼心眼與法眼。

當然也可以說心眼與法眼，也的確是，當你「用心」以有「法度」的技術去寫書法，那麼，時時刻刻都會用到心眼與法眼。但我寧願把心眼與法眼，換成比較平常的名詞，用心眼與法眼這樣的形容詞，再搭配星雲大師的身分，很容易讓人感到玄秘神奇，但我覺得這樣反而並不好。金剛經所謂「法尚應捨，何況非法」，平實談論星雲大師的書法，才是最好的方式。

星雲大師寫字的一筆而成，其實是不得不然的結果。

因為視力模糊，所以只能一筆而成，因為在筆畫的行進過程中，字形隨之出現，筆畫有長短、字形有結構，一旦停下來，因為看不清楚，所以不知道上一筆的準確位置在哪裡，下一筆就無從寫起，所以只能一氣呵成，一筆寫完。而這樣寫字，恰恰好，合乎了寫字的基本要求。不刻意求道，反而技進於道。這才是我讓我感動的地方。

這麼多年來，我一直提倡「書法要回歸寫字」這個基本功能的態度，因為我相信，透過毛筆這個需要高度專注才能掌握的書寫工具，專注在寫字、表達文意的原始基礎上，可以喚醒被高科技文明催眠的、人們許多已經迷失的感性與思維。

在星雲大師的書法中，我看到的，就是這種非常樸素的寫字。

因為樸素，因為筆不停歇，親身書寫的過程，可以見字如見人，有了書法文字的意義和內涵，更可以見字如見法，所以，星雲大師的字，確實值得一觀。

寫字的夢想

每一個願意花很多時間去練字的人，總是會有某種夢想的吧？

對寫字的人來說，能寫出漂亮的字有一種非常大的滿足和成就。我年輕的時候之所以選擇書法，很重要的原因，就是我希望可以寫出漂亮的字，而且可以一輩子追求。

我的學生呢？他們寫字的夢想是什麼？

用毛筆寫字，其實是很華麗的夢想，優雅的線條、溫潤的墨色、美麗的紙張、深情的詩詞，可以寄託太多太多的情懷。

可是用毛筆寫字又很困難，很多人練字練了一輩子，卻始終在書法的門外徘徊，別人不說，我自己就大概練字練到十年以後，才慢慢摸到訣竅。

書法的歷史太悠久，如果從小篆開始算起，至少有二千多年的歷史，時間那麼漫長，而歷代傑出的書法家、風格又那麼多，要練到什麼時候才可能掌握技術？開始練字的那幾年，我每每不禁這樣嘆息。

然而我始終相信寫字是有快速成功的方法的，古人做得到的，我們也可以。

在領悟到了訣竅之後，我被自己的進步嚇到了，「原來就是這麼回事」，我的領悟有點像金庸小說中的孤獨求敗的「破劍式」，一招破盡天下千百劍式。從此之後，歷代名家風格無不手到擒來。

我不敢說我的體會是前無古人，但至少是讓人進入書法非常有效的方法。

古人談書法，往往說不清楚，我用物理、數學、幾何、化學、力學等現代人都有的觀念解釋書法，很容易被接受和理解。我常常跟學生說，老師不一定正確，唯一的方法，就是看看他是否寫得出來。

但老師教了，學生可不是就會了。書法是實證的學問，只有自己動手實踐才算數。要進入書法的世界，即使只是為了欣賞，還是得從練字開始。

我用這樣的方法來引導每個學生進入書法的世界。看到他們書寫的進境，我常常開玩笑的跟他們說，如果當年我有我這樣的老師，現在的成就應該更大。

雖然說是開玩笑，其實也不是。

因此，第一次學生的成果展覽，我取名為「書有法」，意思是，一、寫字要有一定的法度，必須要有一定的技術；二、學寫字要有方法，一定會有快速進步的方法。

我的經驗很成功的在學生身上複製，他們每一個人寫字的成績，都常常叫我暗暗驚奇。

用毛筆寫字，本來只是古人寫字的日常生活運用，現代人卻常常把它看得太深奧，其實沒那麼難，難的是，有沒有人願意傳授正確的觀念和方法，以及練字的人願不願意聽話、下功夫。

學生願意花時間來學書法，老師的責任就是把他們教會。

二〇一〇年四月，我決定與學生開師生聯展，那時，有許多學生都才學了一年，許多人都嚇一跳，都覺得太早了，我倒是想驗證一下我的理論對不對。

於是，願意參加展覽的同學，開始了每月一次的特訓——交作業、檢討、討論。

我記得很清楚，第一次教作業的時候，許多學生都說，開始寫作品才知道我平常為什麼那樣要求——筆筆不可隨便、要注意行距、字距、要有寫字的心情，等等，等等。

七個月下來，每一位學生的進步已經不能用神速來形容，為什麼會這樣？我常常在想，除了技術之外，應該還有別的什麼吧？

我覺得，除了寫字的技術，最重要的，就是想要把字寫好的夢想。

在手寫文字逐漸被鍵盤輸入的現在，書寫更有其深刻的意義，而用毛筆寫字，在美麗的紙張上寫出漂亮的字，更是一種很難形容的情懷，那是一種感情的寄託，也是一種美麗的創作。

這個展覽，是教、學書法的初步成果，也是夢想的開始。

先文人，後畫家

——略談江兆申先生的詩文創作

一、江兆申的文學成就

江兆申先生是近代最傑出的文人畫家之一，這點早為論者公認。

但在有關江兆申的評論中，鮮少觸及其文學上的成就。

文人畫的美學觀念在元代之後，徹底影響中國繪畫的價值標準，並從此主導了中國繪畫潮流。

文人畫的重要，是在寫實主義已經發展到巔峰的情形下，把繪畫的發展從外在世界的描摹，轉化為畫家個人內心世界的表達。這是非常不容易的轉換，其中牽涉的層面非常廣泛，至少視覺經驗與心靈感受的轉換，就不是一件容易的事。

但對傳統文人來說，由於他們能詩能文，善於抽象思考與表達，再加上他們普遍善於使用毛筆，可以輕易掌握繪畫的技術與元素，藝術語言的轉換變成詩畫合一，其結果便是「詩為無聲畫，畫為有色詩」，詩情與畫意即統攝融合在文人畫家身上。

當然，文人畫在數百年的發展中，也逐漸僵化為既定格式，因此，很多人誤以為，把《芥子園畫譜》那樣的技法重新組合，就是文人畫，殊不知，對一個畫家來說，要成為文人畫家，就得先文人、後畫家。

江兆申之所以比其他畫家更高明的地方，正是他文學的造詣與創作的能力。

文學的造詣，指的是對古文經典的深入研究，創作的能力，則在詩文的表達書寫。只有書寫而沒有造詣，容易流為空泛，只有造詣而沒有書寫，則不能把古文經典的知識轉換為個人的修養，要再轉換成為繪畫的內涵，就更不容易。

在江兆申親自審訂的年譜中，從學溥心畬先生時期的記載，全部都是讀書的記錄，這樣的記錄，必有深意，江兆申先生未言而言的，或許是——博覽群籍，正是「文人」最基本的條件。

江兆申的文字藝術，即根基於紮實的古文經典。

除了故宮出版的《雙谿讀畫隨筆》、《關於唐寅的研究》書畫學術文集，一九九七年七月初版的《靈漚類稿》是江兆申親自規劃整理、指示出版的唯一文集，畢生思維、才情、學術見解、藝術研究盡收其中。

—江兆申著作書影。

二、書畫祕笈《靈漚類稿》

《靈漚類稿》彙集文稿，分為四類。第一類為詩古文辭，收錄詩文百餘首。第二類為書畫論叢，收〈新入寄存故宮的明佚名畫〉等評論書畫文章共十三篇。第三類為故宮讀畫劄記，共八百三十九則，四百一十八頁，佔全書三分之二，是江兆申用力最多的文字創作。除畫件說明外，並評論其藝術特點，極受重視。第四類為「東西行腳」，為江兆申一九六〇年代赴美參加討論會並參觀各大博物館及私人收藏所寫，對經眼的書畫多所評論，讀此可知中國書畫域外收藏之一斑。

「故宮讀畫劄記」，即為台灣故宮館藏書畫說明，其寫作風格，樹立了台灣美術館藏書畫說明的典範，文字精準簡潔，但並未失之單調。這樣的書寫風格，看似容易，其實非常困難，敘事、抒情、說理、評論合而為一，表面上只是書畫說明，但江兆申卻做到一字不贅、不易的境界，展現了精湛的文字修養和高明的書寫表達能力。

以第一三三則〈宋人冬日嬰戲圖〉為例，正文第一段如此形容：「梅石茶花。雜以蘭竹。童嬰戲於其下，小貓亦跳躍其間，本幅筆墨。與蘇漢臣戲嬰圖極其接近。山石皴法。嬰兒口。眼。與手。皆無一不神似，而尺寸大小亦復相若。或出同一手。為四屏景。亦未可知。」

短短八十九字，除了用白描文字形容畫的內容，更評論其技法源流，指出可能的作者，以及原來的可能格式，其功能已經遠出「書畫說明」，而含蓄指涉的風格與格式，其實正是江氏個人對該件作品結論式的看法，對此有興趣的研究者，很容易在這樣的寥寥數語中，找到研究的大方向，而不致於茫然無所適從，也不致於胡亂比附想像，失去研究的重點。

這樣的文字特色，展現了江兆申博覽古畫、胸羅名跡的知識學問，其範圍幾乎等於故宮重要藏畫的全部，其中才學，放眼當今，似乎數十年來尚無人能及。

「故宮讀畫箚記」是理性的文字，側重清楚、明白，而古文詩詞，則最能表現江兆申的文學造詣，展現了一般畫家難以企及的感性能力。

三、江兆申的詩情

江氏的詩，用字古雅、音韻合節、講究格律，在古詩的眾多「規矩」中從容出入，沒有相當的訓練和紮實的文字基礎，很難做到，現代人能有這樣的修養，非常不容易。

更難的是，江兆申的詩都有所描繪、有所寄託，並非一般的文字堆砌。〈五月三十日今救虎閣中觀畫寄謝萬戈夫婦紐約〉二首，寫訪友觀畫的情景（原文都無標點符號，為方便閱讀，筆者以一般習慣標誌之）：

窗外滄江躍碧欄，窗前卷軸畫生寒；
論詩論畫惟君健，談笑驚筵結古歡。

玉板新芽煨菌尖，油黃炙鴨薦梅鹽；
雲煙發興初經眼，翠斧銀樽俊味兼。

這樣的詩極為寫實，可以想見觀畫的地點「今救虎閣」臨水面江，有綠色欄杆，屋中採光非常良好，因此觀看古畫竟有「晝生寒」的感覺，「談笑驚筵結古歡」一句，則帶出下一首描寫與友人餐筵的新奇經驗感受，細膩描繪宴會美食，彷彿可以聞到烤鴨的香味，非尋常堆砌典雅文字的作品可以相提並論。

江兆申的詩，除了用字典雅，還有一個極大特色，充份表現了他的畫家本色，那就是高明「寫景」能力，或者可以說，他根本就是在用文字記錄畫面與感受。試看名為〈題畫〉的幾首詩，莫不如此：

獨樹聳寒山，幽泉咽巖石；
飛鳥時一聲，畫破橫碧空。

群蟬翳葉詠驕陽，八月南州熱正狂；
務簡地偏車跡少，午風一枕臥溪涼。

四面湖山隔市塵，小鮮能佐小壺春；
此間著意無些子，一塊巉巖一個人。

值得注意的是，這樣的題畫詩，並不只有寫景，其中還有記事，都是作者自己的切身體驗，而不是單純的描繪景色，也不是純為題畫而已。也只有這樣的詩作，才能深刻表達作者的真實情感，其中關涉的，是寫作的基本態度，而不只是文字的功力而已。

現代人寫古詩最大的問題，在不容易掌握時代的氣氛，容易落入古典詩不斷重複的題材與風格面貌，從這點來看，江兆申詩中的現代感，尤其難能可貴。他的〈竹枝詞八首〉，最能代表其寫狀現代的功力，詩有小序，云「遊美半年，遠方之人所見多新異，信筆泐成竹枝詞八首，鴻泥印雪、所紀一時，容有續篇，俟諸來日」，既然「所見多新異」，所以雖是「信筆泐成」，江兆申筆下所寫，自見新奇：

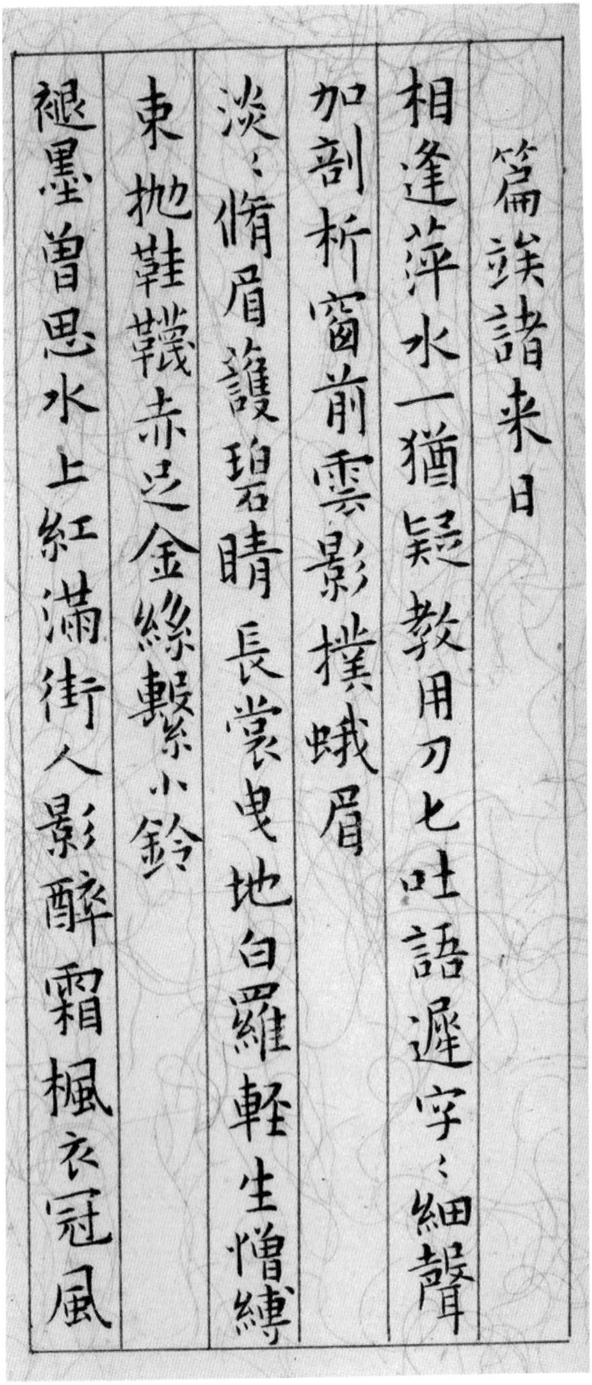
篇俟諸来日
相逢萍水一猶疑教用刀匕吐語遲字字細聲
加剖析窗前雲影撲蛾眉
淡淡脩眉護碧睛長裳曳地白羅輕生憎縛
東抛鞋韈赤足金絲繫小鈴
褪墨曾思水上紅滿街人影醉霜楓衣冠風

—江兆申先生自書詩。

相逢萍水一猶疑，教用刀匕吐語遲，
字字細聲加剖析，窗前雲影撲蛾眉。

此詩顯然寫飛機上偶與西洋女子鄰座，因語言不是非常熟悉，即使禮貌寒暄亦猶疑的心情，幸好借著機上共餐的機會，因教學使用刀匕，而有了共同的話題，似乎當時所遇的女子容姿出色，所以在這樣語言不是很流利的情形下，還有「窗前雲影撲蛾眉」的讚美。

這樣的讚美在第二首有更細膩的描繪：

淡淡脩眉護碧睛，長裳曳地白羅輕；
生憎縛束拋鞋襪，赤足金絲繫小鈴。

這是對西洋女子的工筆細寫了。傳統詩人能狀寫人物、形容聲色的，並不多見，蘇東坡詞多寫美人嬌態，允為文字風流，千年後江兆申有此一作，令人驚艷，「赤足金絲繫小鈴」，更是前人未曾描繪之手法角度，頗為活色生香。

第三首的題材甚為有趣，但一眼即知吟詠的對象：

金瓜剜作鬼頭燈，剝啄輕敲笑語應；
來去兒童分棗栗，門前疏影樹鬅鬙。

把西洋復活節寫得這樣中國古典，委實不易。當然，棗栗、鬅鬙兩詞過於古典生僻，用在復活節的題材中不免過於典雅，這是現代人寫古典詩不易克服的難題。

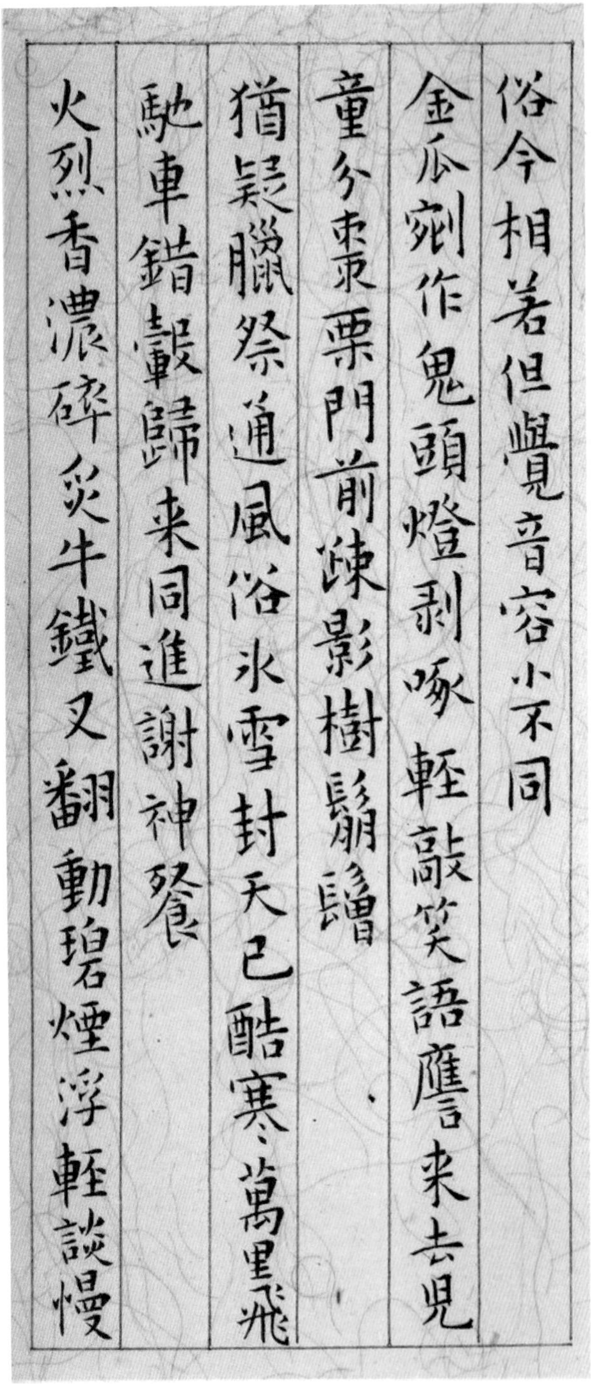
俗今相若但覺音容小不同
金瓜刻作鬼頭燈剥啄輕敲笑語譍来去兒
童分棗栗門前陳影樹鬅鬙
猶疑臘祭通風俗氷雪封天已酷寒萬里飛
馳車錯轂歸来同進謝神飱
火烈香濃碎炙牛鐵叉翻動碧煙浮輕談慢

—江兆申先生自書詩。

第七首也是很有趣的題材：

火烈香濃碎炙牛，鐵叉翻動碧煙浮；
輕談慢咽燈光淡，我覺清閒是此州。

江兆申是美食家，所以對美食的描寫特別生動，加上他對新奇事物的感受非常強烈，用字極為新潮直接，因此多了幾分生鮮靈活，這種表達能力，寫古典詩的現代人最缺乏的，相對來說，結語「我覺清閒是此州」一句，就不免薄弱了。

書中所錄詩作，還有許多敘事詠物的作品，都是作者一時生活的記錄，其中有幾首記錄江兆申私人的收藏，題材比較特殊，〈題六朝金銅佛。癸亥除夕守歲作〉篇幅特別長，足見江兆申在短詩之外，對於長詩也有輕鬆駕馭的能力。

我不習禪淨，竊剽迦陀意；天地有成住，人生暫如寄；順生芟苦厄，
苦厄根情志；心同萬馬競，百慮導沉墜；能堪柳生肘，曲折盡隨器；
大歡止懦愚，大戚聊可置。孔氏重死生，涅槃釋之至；捨肉飽飢鷹，
知捨義差備；瞬息竊壞空，榮瘁偶然遂；水月證圓明，演化遵萬事。
嵯峨鐘磬宣，欲起身反躓；繁言廣長舌，盃航體佛志。

此詩雖然是〈題六朝金銅佛〉，但比較特殊的是並無一語及於收藏品，而是在義理上鋪陳人生的體會與想法，這類說理詩，在宋朝禪宗盛行之時，因士大夫與禪宗有很深的接觸，所以開始出現禪理入詩的作品，蘇東坡、黃山谷都寫過這類作品，而以王安石所作最得說理之情，而江兆申的〈題六朝金銅佛〉卻從「我不習禪淨」起句，別開生面，也可以看到江兆申作詩態度嚴謹，並不輕易複製前人觀點。

四、記錄與當代名家往來的作品

先生詩作，另有一類題材，是記錄與當代書畫文學名家往來的作品，最能引起閱讀上的共鳴，〈庚申十一月自摩耶精舍歸賦呈大千居士〉，寫張大千初造摩耶精舍的情景，詩前有序，「摩耶精舍傍外雙溪，而築地不及三畝，而在河床之中者幾三之一，既竣工，覺園林逼仄，因沿岸拓三四尺堤，雙亭移於堤上，溪中積石審其高下，鳩工疊成灘瀨，遂令溪山為之一變。工成趨訪，徘徊堤上，指點煙嵐、平章今昔，適香江徐伯郊在座。」光此一序，便足平視明人小品文之佳作。序文已如此，其詩必有風味。前二首文字所陳，令人如見目前：

高矮雙亭一角山，低回明月伴清瀾；
偶然疊石成灘瀨，佔盡溪聲五月寒。
隨手梅花斜角栽，梅丘片石巨靈開，
一弓小拓回旋地，卻引青山入檻來。

兩首都是以景入詩，末句寫景兼舒懷，一用溪聲提點時令月分，一用青山襯托園林之勝，一用平廣視野，一用高縱景深，用心巧妙，豈尋常哉？

乙亥年〈題臺靜農先生遺墨〉三首，已經是江兆申晚年少見的詩作，分別題詠臺靜農先生畫作墨梅、梅花水仙、墨葡萄：

—江兆申的繪畫作品是當代文人畫的代表。

明珠綴蕊珊瑚枝，素魄分光向短籬；
何用縞衣籠瘦鶴，烹茶滌雪淨忘機。
合與逋翁共饗堂，一盆冰玉水仙王；
先生罷酒揮椽筆，細寫黃庭小篆春。
春籐轉幹顛張筆，老葉騰翻醉素書；
探驪九淵隨手得，天風海雨欲相呼。

這三首詩，不同一般的題畫，因為畫作主人臺靜農是當代碩儒、書法大家，所用典故緊扣臺靜農的身分、長才，這樣的書寫功力，非有才情、學識、交情，無以致之。

《靈漚類稿》彙集江兆申一生文稿，識者莫不珍若武功秘笈，無論詩古文辭，書畫論叢，故宮讀畫劄記、或長文「東西行腳」，幾乎可說字字珠璣。

《靈漚類稿》所展現的文字、文學功力，充份呈現了江兆申在書畫之外，作為一個文人應有的修養，實非泛泛，無怪乎他的書法比一般書法家多了幾許儒雅的自在與老練，而他的繪畫，更在繪畫的技法、視覺的效果之外，多了許多文人的品味與內涵。

傳統繪畫的困境與突破，在一九五〇、六〇年代的台灣，有過相當激烈的變革與衝突，「創新」似乎成為主流，「傳統」被視為守舊，但其實無論傳統與創新，其實更根本的困境，在於畫家對文字、文學的日漸疏遠。

數十年後的現在，回顧當時關於繪畫的爭論，可以發現，其實大部份的討論，都忽略了畫家對文字、文學修養的整體缺乏，而且那是一整個時代的所有畫家所共同面臨的窘境，所產生的質變與影響，當時或許難以想像，但驗諸今日台灣書畫界，書畫家不讀書作文寫詩的現象，實在應該警惕。

在時代的變異下，現在的書畫家，很少能具備在作品上用自己的詩文題款的能力，也可以說，畫家失去了文人的基本素養。在這樣的情形下，如果畫家沒有人文的自覺，繪畫也就只能成為視覺的堆砌與技巧的重複了。無論從事中西繪畫，在台灣都很容易看到畫家族群對人文素養的普遍匱乏。

江兆申在西畫興盛、中畫衰微，傳統與創新激烈衝突的年代，居然不為時代迷思所動搖，一心安穩在文人畫的主軸中，並因此開創個人風格與台灣繪畫的重要流派，除了他的書畫成就之外，實在不能不歸功於他深厚的人文素養。

若以一句話總括江兆申的藝術特色，或者可以說，「江兆申是一個文人先於畫家的文人畫家」。江兆申的藝術成就根植於他的人文素養，人文素養的豐富了江兆申的藝術成就，江兆申的例子，實在值得重技術、輕內涵的台灣美術界、教育界深思。

紙上太極——生活中的書法美學

作　　者｜侯吉諒
總 編 輯｜陳郁馨
主　　編｜李欣蓉
設　　計｜東喜設計工作室
行銷企劃｜童敏瑋
社　　長｜郭重興
發行人兼出版總監｜曾大福
出　　版｜木馬文化事業股份有限公司
發　　行｜遠足文化事業股份有限公司
地　　址｜231 新北市新店區民權路 108-3 號 8 樓
電　　話｜(02)22181417
傳　　真｜(02)22188057
Email｜service@bookrep.com.tw
郵撥帳號｜19588272 木馬文化事業股份有限公司
客服專線｜0800221029
法律顧問｜華洋國際專利商標事務所　蘇文生律師
印　　刷｜成陽印刷股份有限公司
初　　版｜2013 年 11 月
定　　價｜380 元
木馬臉書粉絲團｜http://www.facebook.com/ecusbook
木馬部落格｜http://blog.roodo.com/ecus2005

紙上太極：生活中的書法美學 / 侯吉諒著 . -- 初版 . --
新北市：木馬文化出版：遠足文化發行，2013.11

面；　公分
ISBN 978-986-5829-68-1(平裝)
1. 書法 2. 美學

855　　102021723